पुनर्पाठ

दिव्या

यशपाल

पुनर्पाठ

दिव्या : यशपाल

सान्निध्य

भगवान सिंह

उपन्यास परिचय

अभय कुमार दुबे

विचार

डॉ. अनामिका

सम्पादक

डॉ. वैभव सिंह • अदिती माहेश्वरी

शोध मण्डल

डॉ. संजीव कुमार • डॉ. शशिकान्त

सत्यानन्द निरुपम

लिप्यन्तर

रंजीत अभिज्ञान

वाणी प्रकाशन

वाणी प्रकाशन

4695, 21-ए, दरियागंज, नयी दिल्ली 110 002 (भारत)

शाखा

अशोक राजपथ, पटना 800 004

फ़ोनः +911123273167 फ़ैक्सः +911123275710

www.vaniprakashan.in
vaniprakashan@gmail.com

PUNARPATHDIVYA:YASHPAL

पुनर्पाठ शृंखला

ISBN: 978-93-5000-802-7
Hindi Literature/Criticism/Feminist Discourse/History

प्रथम संस्करण

ओम ऑफसेट प्लेटमेकिंग, दिल्ली-110 093 में मुद्रित

वाणी प्रकाशन का लोगो मक़बूल फ़िदा हुसेन की कूची से

अनुक्रम

प्रकाशकीय

पुनर्पाठ :
हिन्दी आलोचना के रूप का तकनीकी आग़ाज़

मानव सभ्यता के निर्माण और सांस्कृतिक विकास में शब्द-संस्कृति का योगदान ऐतिहासिक है। शब्दों में अभिव्यक्त संवेदनाएँ वैकल्पिक, संवेदनशील और सुसंस्कृत समाज की रचना करती हैं। कुछ रचनाएँ देश-काल और समाज की विसंगतियों से मुठभेड़ करती हैं, उन्हें ठोंक-पीट कर सुन्दर आकार देने का हुनर विकसित करती हैं।

'क्लासिक' उपन्यास 'पुनर्पाठ' की श्रेणी में ऐसी

रचनाओं को ही शुमार किया जाता है। यह इसलिए 'क्लासिक' हैं क्योंकि यह हर देश-काल और समाज में प्रासंगिक हैं और परिवर्तनशील समाज में प्रत्येक परिवर्तन में भी ये प्रासंगिक होती हैं।

जून 2011 में आरम्भ हुई पुनर्पाठ शृंखला एक तरह का हिन्दी आलोचना के रूप का तकनीकी आग़ाज़ है। गौरतलब है कि हिन्दी साहित्य के इतिहास में क्लासिकों की आलोचना पर पुनर्पाठ तकनीकी किन्तु अनोखी पहल है। पुनर्पाठ शृंखला के अन्तर्गत हम अपने पाठकों के लिए इंडिया हैबीटॉट सेंटर, लोदी रोड, नयी दिल्ली में हुए विचार-विमर्श के हर सत्र को दृश्य माध्यम के प्रत्येक मंथन को सी.डी. और पुस्तकारूप में प्रस्तुत करेंगे।

हमारा प्रयास है कि यह पुस्तक जिसके साथ सी.डी. है, दिल्ली के छोटे-बड़े पुस्तक विक्रेताओं एवं पत्र-पत्रिकाओं के स्टॉल पर विद्यार्थी व शोधार्थियों के लिए न्यूनतम मूल्य पर उपलब्ध होंगी।

भले ही हिन्दी भाषा और साहित्य का इतिहास बहुत पुराना नहीं है लेकिन छोटी सी अवधि में हिन्दी में ऐसी कई रचनाएँ सामने आयी हैं जिन्होंने भारतीय समाज को विसंगतियों से मुक्ति के कई रास्ते दिखाए हैं। हाँ, हमारा सत्ता-समाज इन रास्तों पर कितना चला है और कितना नहीं, और क्यों नहीं — यह एक गम्भीर और विचारणीय सवाल जरूर है। 'क्लासिक' उपन्यास पुनर्पाठ ऐसे ही समाज की धरोहर है।

हिन्दी साहित्य में अपेक्षाकृत युवा भाष्य होने के बावजूद हिन्दी के पास क्लासिकों की समृद्ध परम्परा है। वैसे भी हर

पीढ़ी के पास अपने क्लासिक होते हैं, दो पीढ़ियों के बीच क्लासिकों का संवाद कायम किया जा सकता है। ऐसे ही कुछ अनूठे किस्म के पठन-पाठन के लिए आरम्भ किया गया है यह आयोजन।

पिछले लगभग 40 वर्षों से हिन्दी भाषा और साहित्य को आप तक पहुँचाने के लिए प्रतिबद्ध *वाणी प्रकाशन* ने हिन्दी क्लासिक उपन्यास पुनर्पाठ श्रृंखला शुरू की है। इसमें बहस के केन्द्र में होती है हिन्दी की एक क्लासिक कृति, जिस पर हिन्दी लेखक समाज की दो पीढ़ियों के आलोचक देश-काल के सवालों के आलोक में मंथन करते हैं।

हमें उम्मीद है कि इस योजना के माध्यम से हम हिन्दी के 'क्लासिक' साहित्य को नयी पीढ़ी के सवालों, संवेदनाओं और विचारों से जोड़ पाएँगे। इस तरह के संवाद, चर्चा-परिचर्चा से हिन्दी साहित्य के क्षेत्र में नयी-नयी उद्भावनाएँ सामने आएँगी, नये क्षितिज खुलेंगे और इस तरह हिन्दी 'क्लासिक' पर कुछ नये मुहावरे विकसित करने में भी कामयाब होंगे।

हिन्दी की सुप्रसिद्ध कवयित्री अनामिका की मूल संकल्पना पर आधारित व नयी पीढ़ी का इस अंक के सम्पादक के रूप में प्रतिनिधित्व करते वैभव सिंह *वाणी प्रकाशन* के संग नयी पीढ़ी के बीच हिन्दी के 'क्लासिक' साहित्य को नये रूप में उपस्थित करने को प्रतिबद्ध हैं। हमारा मानना है कि आज के समय में यह जरूरी पहल है। इस श्रृंखला के हर अंक में हम हिन्दी साहित्य और समाज शास्त्र के बुद्धिजीवियों के साथ हिन्दी क्लासिक्स पर पुनर्विचार करते हैं और किन नये झरोखों से हिन्दी साहित्य को पढ़ा-पढ़ाया जाए, इस पर भी।

• पुनर्पाठ •

परम्पराओं को किसी भी रूप में नकारा नहीं जा सकता बल्कि आने वाली युवा पीढ़ी को साहित्य के अन्य स्रोतों से जोड़कर समकालीन प्रश्नों के सन्दर्भ में परखने से विभिन्न स्वाद की अनुभूति ही पुनर्पाठ की परिभाषा कही जा सकती है।

जीवन की दौड़ में छूटे हुए क्लासिकों के मंथन को वर्तमान में किसी भी समय में तर्क युक्त दृष्टिकोण से देखने का आलोक है पुनर्पाठ।

वाणी प्रकाशन द्वारा क्लासिकों के पुनर्पाठ का आयोजन मूलतः शोधार्थी-विद्यार्थी को क्लासिक यानी पीढ़ियों से पढ़े जा रहे साहित्य को नये सिरे से मंथन करने के लिए प्रेरित करेगा। साथ ही यह पुनर्पाठ पाठकों के उस वर्ग को भी सम्बोधित करेगा जिसका बिछड़ा हुआ प्रेम साहित्य था।

– अरुण माहेश्वरी
प्रबन्ध निदेशक, वाणी प्रकाशन
जुलाई 2011

पुनर्पाठ : एक विचार

गुरु सुआ जेइ पंथ दिखावा

वाणी प्रकाशन की क्लासिक पुनर्पाठ योजना की बात करनी है तो हीरामन तोते से बात शुरू करते हैं : 'पद्मावत' में वही पद्मावती का रूप वैभव और आत्मिक सौन्दर्य बखानने रत्नसेन के पास जाता है। पद्मावती के लिए पूर्वराग जगाने का काम वही करता है। वही करता है उसका नख-सिख वर्णन। जीवन जगत के गोरखधन्धे में फँसा हुआ रत्नसेन जागतिक रत्नों से मुँह फेरकर आत्मिक सौन्दर्य की राह चल देता है और जोगी बन जाता है। उसके पीछे चल देता है जोगियों का पूरा दस्ता। उसकी सिविल सोसायटी और उसका अभिजन समाज तो वो ही है।

मूल्यों की सूक्ष्मतम दुनिया में यह सामूहिक प्रयास किसी तरह का पलायन नहीं है। पद्मावती के साथ फिर उसी दुनिया में लौटता है रत्नसेन, जीवन जगत समझने की नयी दृष्टि से सम्पन्न और सम्बलित। 'पद्मावत' के पाठ में हमारे काम का, हमारा दृष्टान्त सुनने-सुनाने लायक प्रसंग यहीं पर निःशेष होता है। क्लासिकों का रूप वैभव और उनका आत्मिक सौन्दर्य बखानने में मसिजीवियों की इन दो-तीन पीढ़ियों की भूमिका हिरामन वाली ही होगी। गोरखधन्धे में फँसे रत्नसेनों में मूल्यों की प्यास वे ही जगाएँगे – इसी उम्मीद के साथ हमें देश के सारे संस्थानों में क्लासिकों की पुनर्पाठ-शृंखला शुरू करनी चाहिए।

हर बड़ी कृति में एक बड़ी आत्मा के गुण होते हैं। अच्छे मनुष्य की सबसे आसान पहचान यह है कि उससे मिलते ही हमारा मन हरा हो जाता है, भीतर कुछ खिल जाता है, स्पन्दित हो जाता है, उससे अन्तरंग संवाद का सुख मिले तो कोई न कोई गुत्थी जरूर सुलझ जाती है, कुंठाएँ ध्वस्त हो जाती हैं, स्मृतियाँ जग जाती हैं और सपने भी। कुछ अच्छा करने की ओर मन प्रवृत्त हो जाता है। क्लासिक कृतियों में ये गुण तो होते ही हैं, और भी बहुत कुछ होता है जिसके मर्म का आस्वादन ज्ञातस्वादा होने पर ही होगा। वैसे, वह गूँगे का गुड़ है – 'मन मस्त हुआ तो क्या बोले!'

ठीक है, सबकुछ नहीं बोल पाएँगे, पर कुछ तो बोलिए – 'यह चुप-सी क्या लगी है, अजी, कुछ तो बोलिए!' इप्टा के गीतकारों-नाटककारों ने समझा था, तभी वे गलियों तक उतरे, जन-जन के कन्धे पर हाथ धरा, जनसंचार माध्यमों का

महत्त्व समझा। फिल्में, टीवी धारावाहिक, सीडी, डीवीडी, मोबाइल, पेन ड्राइव, चोबारे चौक, समुदाय भवन, रेलवे स्टेशन, एयरपोर्ट, बस स्टैंड, कहवाघर, स्कूल, कॉलेज, दफ्तर, विश्वविद्यालय, प्रकाशन गृह, पत्रिकाओं के दफ्तर, पंचायत भवन और कॉरपोरेट के मॉल सेंटर – ये ही हैं वे संवेदनशील ग्रन्थियाँ, वे चक्र-बिन्दु जहाँ नये प्राणों का संचार होता है।

एक चुगलखोर चिड़िया लगातार चूँ-चूँ-चूँ किए जा रही है, हर झुरमुट में घूम-घूम कर वह बड़ी मीठी वाणी में लगातार उल्टा-पुल्टा ही कुछ पढ़ी है। हिरामन सुआ की गम्भीर प्रतिस्पर्धा उसी मिठबोलिया चुगलखोर चिड़िया से है। विज्ञापन की भाषा उसने गजब साध रखी है, गागर में सागर भरने की मॉन्ताज तकनीक भी उसने कौशल से आत्मसात कर रखी है। वाक्चातुर्य में उसका मुकाबला नहीं। देश की बेहतरीन कारयित्री प्रतिभाएँ उसके पे-रोल पर जो हैं। एक अदद कौंध, एक अदद बिम्ब में वह कॉस्मिक कॉमन प्लेस, भावजगत-वस्तुजगत, शहराती-ग्रामीण, पुरबिया और पश्चिमी – दोनों ध्रुवान्तों के बीच ऐसी मजेदार झप्पी घटित करती है कि देखनेवाला चौंक कर उठ बैठे।

विज्ञापन फिल्मों का स्तर बहुत अच्छा है। सारी जातीय और वैचारिक स्मृतियाँ वे गुदगुदा देती हैं। अमरनाथ का घंटा दादी सास को घर बैठे मोबाइल पर सुनवा देने का जज्बा, नयी गाड़ी की छत पर बैठकर गली-मोहल्ले के गरीब बच्चों को क्रिकेट मैच दिखलाने का जज्बा, कहीं न कहीं एक मानवीय संवेदना भी झंकृत करते हैं, किन्तु किस उद्देश्य से? पूछने का सवाल यह है! एक उत्पाद की बिक्री बढ़ाने के पीछे की यह

भूमिका है : अच्छा क्रेता, बड़ा उपभोक्ता ही बड़ा मनुष्य है : रेमण्ड्स का 'कम्प्लीट मैन' – यह बात एक खासी हास्यास्पद और निष्ठुर प्रपत्ति है।

हम यह अच्छी तरह जानते हैं कि मेहनत की कमाई खानेवाला ईमानदार आदमी अभी भी बहुत ज्यादा धनी नहीं हो सकता। वह नहीं तो उसके पूर्वजों में से कोई लुटेरा हुआ तभी यह अतिरिक्त पूँजी उसके पास है। काले धन की कालिमा धोने की चिन्ता किसी को नहीं है! 'फेयर एंड लवली' एक मूल्य हो सकता है अगर 'फेयर' का अर्थ 'जस्ट' या न्यायसिद्ध और सबके विकास में गम्भीर आस्था से लगाएँ और संघ-शक्ति उसका पल्लवन छोटे-बड़े आन्दोलनों में होता रहे।

पुनर्पाठ की योजना भी एक छोटा-सा आन्दोलन हो सकती है यदि जो जहाँ है, यह संकल्प ले कि वह इस मशाल-यात्रा में शामिल होगा। क्लासिक यदि जीवन का नमक है तो यह एक तरह का नमक आन्दोलन है। सूट-बूट से लँगोट तक का जो पट परिवर्तन गाँधी ने घटित किया था, किताब के पन्नों से चलकर वीडियो कैसेटों तक की इस अन्तर्यात्रा का विलोम नहीं है, क्योंकि जज्बा दोनों का एक है – जन मन से तादात्म्य! हमारे राष्ट्रीय जीवन में घरेलू उपयोग की साधारण चीजों (नमक, चरखा, टोपी, हँसिया वगैरह) ने जो नाटकीय परिवर्तन घटित किए हैं, कलम और सीडी वगैरह भी क्यों नहीं घटित कर सकते! संचार माध्यमों की वलगा हाथ में लेकर एक वैकल्पिक प्रति-संसार खड़ा किया जाएगा।

क्लासिक कुछ सामयिक और कुछ शाश्वत विवाद मंचित करते हैं : चुनिंदा क्षणों का, चरित्रों का, बिम्बों का एक झूठा

सच चित्त की गहराइयों में अभिमंचित होता है। आत्मा की गहनतम दुविधाओं का मर्म समझने में तादात्म्य या साधारणीकरण में वे उद्दीप्त क्षण निश्चय ही हमारी मदद करते हैं। रस-संचार चित्त-विस्तार में सहायक होता है। विज्ञापन की भाषा में कहें तो एक तरह का एनर्जी ड्रिंक, और इन रसों के वे विविध कॉकटेल जिनसे आत्मा का कद बढ़ता है।

संचार क्रान्ति में क्रान्ति के बीज प्रकट हों, भेदभाव की संरचनाएँ टूटें, एक दोस्त-समाज बने, जहाँ कोई 'यूज एंड थ्रो' की नियति नहीं झेले – इसके लिए जरूरी है कि क्लासिक अभिमंचित हों, उन पर जगह-जगह बहसें हों और इन पर टेलीविजन धारावाहिक और फिल्में बनें। यह तो हम जानते ही हैं कि आदमी जो देखता है, उसी से भर जाता है – क्षुद्र को देखने वाला क्षुद्र से, विराट को देखने वाला विराट से! आँख-कान आत्मा के द्वार हैं। और साहित्य ही देखने का सही कायदा है – वह देखने का जो देखना जरूरी हैं धीरे-से, ठहर-ठहरकर, सोचकर, न्यूज-व्यूज की तरह एकदम से धड़धड़ाकर नहीं। वह सुनने का, सोचने का सही कायदा है। इसी अर्थ में वह धर्म का सही स्थानापन्न भी है।

जीवन-मूल्यों की बात तो धर्म करते हैं – कविता-कहानी-नाटक में उनका भी आना-जाना है, होरी जैसे सामान्य धर्मप्राण लोगों के साक्ष्य से हम यह कह सकते हैं कि धर्म भी चित्त का उन्नयन कर सकने में सक्षम है, पर धर्म का इतिहास बेहद विकट है! धर्म ने बहुत लड़ाया-भिड़ाया और रुलाया है! उसका सीसीआर (कॉन्फिडेंशियल कंडक्ट रिपोर्ट) दूषित है, इसलिए उसके स्थानापन्न की जरूरत पड़ गयी! थकान टाँगने की एक

खूँटी तो सबको ही चाहिए, सबको ही चाहिए एक तख्ती कि पीट सके। साहित्य यह काम कर सकता – बिना लड़ाए-भिड़ाए – इसलिए इस स्थानापन्न की हमको जरूरत पड़ी।

'आफ्टर ग्रेट पेन अ फॉरमल फीलिंग कम्स' – बिखरे हुए भावों-विचारों – साझा सपनों और स्मृतियों को एक सूत्र कर पाना, एक संरचना बुनना उनसे इतना आसान नहीं होता, इसी अर्थ में क्लासिकों के सब लेखक द्रष्टा हैं। उन्होंने जो देखा, उसके मर्म की व्याख्या, उसका समय सापेक्ष भाष्य करने के लिए उस द्रष्टा की जरूरत है जिसे आलोचक कहते हैं। उसके तो नाम में ही 'लोचन' अंतर्भुक्त है। तो आइए, साथ मिलकर देखें और पढ़ें – 'गुरु सुआ जेइ पंथ दिखावा!'

– **डॉ. अनामिका**

सम्पादकीय

पुनर्पाठ क्यों?

दुनिया में आत्मनिर्वासन की संस्कृति धीरे-धीरे चारों तरफ पैर पसार रही है। खोल से बाहर आये कुलबुलाते कीड़े की तरह उसके हाथ-पैर लगातार बढ़ रहे हैं और मानवीय जीवन्तता के न जाने कितने पहलू उसकी खुराक बनते जा रहे हैं। संस्कृतियों को विज्ञान के हाथों हार माननी पड़ी है। कम्प्यूटर बनाने के बाद इनसान जैसे खुद को भी अत्यन्त कार्यकुशल पर भावहीन यन्त्र बनाने पर तुला है। अपनी ही बनाई सृष्टि पर ईश्वरीय मुग्धता की तो हमने केवल कल्पना की थी, पर अपने ही बनाए यन्त्रों पर मानव की मुग्धता यथार्थ है और उन मशीनों व यन्त्रों के रूप व तरीकों में खुद को ढालने की

कोशिश कर रहा है। वैकल्पिक संवेदनाओं के लिए जगह तेजी से सिकुड़ती जा रही है।

ऐसी ही सामाजिक विचित्रताओं के दौर में, जहाँ इनसान से कम्प्यूटर जैसी नपी-तुली भाषा बोलने और कठोर साँचों में खुद को ढालने की अपेक्षा की जा रही हो, वहाँ साहित्य अपनी प्रासंगिकता को फिर से मनवा लेता है। इसलिए भी क्योंकि साहित्य ही व्यक्ति को साँचों की कैद से मुक्त करता है और अपने स्वच्छन्दताकामी, विद्रोही और कभी-कभी अराजक आत्म के प्रति सहज होना सिखाता है। साहित्य का प्रश्न संस्कृति का प्रश्न है और यह केवल समाज विज्ञान की नीरस पुस्तकों में पढ़ने की नहीं बल्कि निरन्तर अनुभव करने की बात है कि इतिहास के वर्तमान चरण में संस्कृति अपनी बहुआयामिता खो रही है। सांस्कृतिक एकरूपता को दूरसंचार में मदद करने वाले तारों, टावरों और नेटवर्क की तरह चारों तरफ फैलाया जा रहा है। ऐसे में अपनी महान क्लासिक रचनाओं, जिनमें हिन्दी की अपनी जातीय संवेदना और सरोकारों की थाती सुरक्षित है, का पुनर्पाठ दरअसल बौद्धिक सक्रियता के माध्यम से इसी विवशता पैदा करने वाले माहौल के प्रति असहमति दर्ज कराना भी है। इन रचनाओं की ओर देखते, उन पर रीझते और उन्हें पढ़ते हुए कबीर की पंक्तियाँ भी अनायास मन में उठती हैं — 'मोंहि-तोंहि लागी कैसे छूटे।' यानी एक जीवित संस्कृति कभी अपनी महान साहित्यिक धरोहरों के प्रति प्रेम एवं लगाव को खोकर उनके प्रति उदासीन नहीं हो सकती है। हिन्दी की क्लासिकल कही जाने वाले कृतियों जैसे *दिव्या, बाणभट्ट की आत्मकथा, गोदान, शेखरः एक जीवनी, मैला आँचल* आदि से हिन्दी का आम पाठक अगर दूर जाएगा तो यह पूरे समाज के सांस्कृतिक

आत्म-विलोपन का ही संकेत कहलाएगा।

इस प्रकार पुनर्पाठ अपनी इन रचनाओं से पुनःसम्बन्ध भी है, भले ही इस सम्बन्ध से सबकी अलग-अलग भावनाएँ व उद्देश्य जुड़े हों। इसी प्रक्रिया में नये अर्थ भी अन्वेषित होते हैं, जो रचनाओं के भीतर उनके जन्म के समय से शायद छिपे बैठे रहे हों। उन मौन संन्यासियों की तरह जो गहन कन्दराओं से कभी बाहर निकले ही न हों। ध्यान रखना चाहिए कि भारतीय परम्परा व शास्त्र-संवाद में कृति या ग्रन्थ से निरन्तर संवाद व विवाद की परम्परा रही है और वह पुनर्पाठ की वर्तमान चेष्टाओं से जुड़ती है। धर्म, भाषा, काव्य आदि पर लिखे ग्रन्थों की मीमांसा व टिप्पणियाँ निरन्तर रची जाती रही हैं। कबीर जैसा विद्रोही सन्त और आगे चलकर प्रेमचन्द व नागार्जुन जैसे लेखक भी अपने समय में संस्कृत व शास्त्र पर टिकी प्रभुवर्गीय संस्कृतियों का पुनर्पाठ ही कर रहे थे। समूचा भारतीय नवजागरण धर्मग्रन्थों व परम्पराओं की पुनर्मीमांसा व पुनर्व्याख्या पर आधारित रहा है।

पर आज की पुनर्पाठीय चेष्टाओं व पहले के प्रयासों में केवल समानता ही नहीं बल्कि बड़ी भिन्नताएँ भी हैं। पहले की पुनर्व्याख्याएँ वास्तविक व प्रामाणिक सत्य की तलाश करती थीं। उनका आग्रह मूल व प्रामाणिक की खोज पर रहता था। पर वर्तमान पुनर्पाठ ने मूल व प्रामाणिक की अवधारणा को ही चुनौती दे दी है। किसी केन्द्रीय सत्य व मूल अर्थ की धारणा को अस्वीकार करने की प्रवृत्तियों का विकास हुआ है तथा व्याख्या के स्तर पर प्रामाणिक-अप्रामाणिक का भेद खत्म करने के किंचित बड़बोले पर आकर्षक दावे किए गये हैं।

इसलिए पुनर्पाठ की वर्तमान पद्धति केवल पुरानी परम्परा के विकास को नहीं बल्कि वर्तमान परिवेश में ढेरों परिवर्तनों को भी सूचित करती है।

यशपाल की श्रेष्ठतम कृतियों में से एक 'दिव्या' के पुनर्पाठ से हम एक सीरीज की शुरुआत कर रहे हैं जिसमें कृति को फिर से पढ़ने-गुनने व लोकतान्त्रिक वातावरण में उस पर बातचीत करने पर बल रहेगा। आधुनिक हिन्दी आलोचना के आदि पुरुष रामचन्द्र शुक्ल साहित्य के परिवर्तनों को बदलती चित्तवृत्ति का परिणाम मानते थे और उन्हीं के सूत्र का लाभ उठाकर हम कह सकते हैं कि केवल साहित्य ही नहीं बदलता है बल्कि युग की महान रचनाओं का बदलती चित्तवृत्ति के अनुसार अर्थ-बोध व अर्थग्रहण का रूप भी बदलता है। इसी प्रकार पुनर्पाठ केवल एक व्यक्तिगत अनुभव नहीं है, न कोरी एकान्तिक क्रिया। इसमें एक दिलचस्प सामूहिकता भी निहित है। यानी पाठक का एकान्त जितना महत्त्वपूर्ण है, समूह के अपने अनुभव व सामाजिक चिन्ताएँ भी उतने ही महत्त्वपूर्ण हैं। पाठ की इसी सामूहिकता से ही दलित-श्रमिक, स्त्री, अश्वेत व विभिन्न नृजातीय अस्मिताओं के अपने-अपने पाठ निर्मित होते चले जाते हैं। इधर उत्तर-आधुनिकता की वैचारिकी ने भिन्न पाठीयता की प्रवृत्तियों की आड़ में पाठ को पूरी तरह से अराजक अर्थों की सृष्टि के खेल में बदल दिया है। इसने पुनर्पाठ को भी सतही, गलत व क्षणभंगुर व्याख्याओं में बदल दिया है। इसलिए उत्तर-आधुनिकता के शातिर अवसरवाद से बचते हुए हम पुनर्पाठ को दायित्व बोध से सम्पन्न कर्म मानते हैं जिसमें अपने काल की सजगता को नया आयाम मिल सकता है। पुनर्पाठ का उद्देश्य छात्रों, आम

पाठकों व अन्य जागरूक लोगों को साहित्य के निकट लाना और उसकी दुनिया की नागरिकता प्रदान करना भी है। देवों व राक्षसों के सागर मन्थन के रूपक में कहें तो यह अपनी क्लासिकल रचनाओं का पुनर्मन्थन है ताकि नये अर्थ-रत्न हमें प्राप्त हो सकें।

पुनर्पाठ सीरीज के आरम्भ के लिए यशपाल की कृति 'दिव्या' सम्भवतः आदर्श रचना हो सकती है। वह इसलिए क्योंकि पूरा उपन्यास ही विरासत में मिले सत्य को टटोलने, उसकी समीक्षा करने व परिस्थितिवश उससे असहमत होने की वैचारिक भूमि पर टिका हुआ है। नायिका दिव्या सामन्त संस्कृति, धर्म संस्थान और पुरुष-तन्त्र सभी का अपने जीवनानुभवों के आलोक में पुनरावलोकन करती है और उनकी बाध्यकारी जकड़नों से खुद को मुक्त करती चलती है। वह एक प्रकार से अपने समय के सत्ता-संस्थानों का पुनर्पाठ करती है और उनसे मुक्त होने के लिए पहले एक वेश्या और फिर स्वतन्त्र व मुक्त स्त्री बनती है। उपन्यास का चार्वाकधर्मी पात्र मारिश भी एक स्वतन्त्रचेता, मुक्तमना पात्र है जो वैदिक-ब्राह्मण संस्कृति के विरोध में खड़ा है। यानी उपन्यास की कथा मूलतः मुक्तिकामी स्त्री व मुक्त पुरुष के जीवनसंघर्षों की धुरी पर टिकी है जो समाज द्वारा घोषित कथित 'कुमार्गों' लेकिन वास्तव में दुर्गम मार्गों पर चलने पर लज्जित नहीं बल्कि गौरव का अनुभव करते हैं। सिर झुकाकर दूसरों की तरह गुलाम नहीं बनते बल्कि स्वतन्त्रता पाने का कठिन तप करते हैं। धर्म और राजमहल, दोनों की कैद से अपने को आजाद करते हैं।

पुनर्पाठ के इस आयोजन से जुड़ने के लिए हम सभी

सुधी पाठकों, छात्रों व लेखकों को आमन्त्रित करते हैं। इसका आरम्भ हम हिन्दी उपन्यासों से कर रहे हैं और अन्य भाषाओं की कृतियों तक इसका विस्तार करने की योजना है। उपन्यासों के नायक-नायिकाएँ, कहानियाँ व घटनाएँ हमारे भीतर जब फिर से उतरेंगी तो हम केवल कृतियों से ही नहीं अपने संसार से भी नया संवेदनात्मक रिश्ता जोड़ सकेंगे। रचनात्मक पाठ के इस आयोजन में आप सभी के उर्वर सहयोग की कामना के साथ –

– डॉ. वैभव सिंह

यशपालः एक परिचय

• पुनर्पाठ •

यशपाल

बीसवीं शताब्दी के पूर्वार्द्ध में यदि प्रेमचन्द हिन्दी गद्य साहित्य में शीर्ष (शिखर) पर थे तो यशपाल शताब्दी के उत्तरार्द्ध के सर्वाधिक महत्त्वपूर्ण लेखक माने जाते हैं। यशपाल के लेखन का आरम्भ भगत सिंह तथा चन्द्रशेखर आजाद के सहयोगी के रूप में क्रान्तिकारी गतिविधियों के लिए आजीवन कारावास भुगतते समय हुआ जो जेल से रिहाई के बाद 1939 में उनके पहले कहानी संग्रह 'पिंजरे की उड़ान' में सामने आया। आरम्भ में उनकी रचनात्मकता हिन्दी पत्रकारिता को नयी दिशा देने वाले 'विप्लव' मासिक और फिर कहानियों, उपन्यासों तथा निबन्धों के रूप में सामने आयी जिसको देखकर प्रख्यात कवयित्री महादेवी वर्मा ने कहा था, "जब हिन्दी लेखक सरस्वती के आशीर्वाद की याचना कर रहे थे, यशपाल किसी अँधेरे गुप्त तहखाने में बम बना रहे थे। पर जब सबके बाद वे हिन्दी साहित्य में आये तो सरस्वती का ध्यान सबसे पहले उन्हीं की ओर गया।"

पचास से अधिक पुस्तकों के रचयिता यशपाल अपने निर्भीक लेखन तथा क्रान्तिकारी विचारों के लिए जहाँ एक ओर सत्ताधारियों का कोपभाजन बने, वहीं दूसरी ओर उन्हें पुरातनपंथियों द्वारा कत्ल की धमकियाँ भी मिलीं। उनका निधन अपने क्रान्तिकारी जीवन के संस्मरण का चौथा भाग लिखते समय 1976 में हुआ था।

प्रेमचन्दोत्तर हिन्दी कथा साहित्य में यशपाल असाधारण महत्त्व के लेखक हैं। उन्होंने गद्य की प्रायः सभी विधाओं में लिखा है। प्रेमचन्द की तरह ही यशपाल जी का लेखन खाली समय

यशपाल

यशपाल जी राहुल सांकृत्यायन के साथ अल्मोड़ा में

को भरने का एक शग़ल-भर नहीं था। उनके लिए सामाजिक परिवर्तन में उसकी एक स्पष्ट और सुनिर्दिष्ट भूमिका थी। अपने लेखन से वे बहुत कुछ वही काम करना चाहते थे जिसके लिए अपनी तरुणाई में वे सामाजिक और राजनीतिक क्रान्ति की ओर मुड़े थे। उनके उपन्यास, कहानियाँ, आत्म-वृत्तान्त, वैचारिक लेखन, यात्रा-साहित्य यानी उनका लिखा सब कुछ इसी एक सूत्र में गुँथा और पिरोया गया लगता है। इस सबका एक ही घोषित-अघोषित लक्ष्य है – एक बेहतर दुनिया की खोज और निर्माण। विवादों से बचकर निकलना यशपाल की प्रवृत्ति नहीं है। सब कहीं और प्रायः हमेशा वे जैसे विवादों को आमंत्रित करते हैं। क्योंकि उनका विश्वास था – वादे-वादे जायते तत्त्वबोध।

संवाद

अनामिका

डांडी मार्च के जरिए गाँधीजी का पट-परिवर्तन एक अलग तरह का नाटकीय विधान रचता है, एक व्यक्ति है जो सूट-बूट से सीधा लँगोट में उतरता है और राष्ट्रीय मंच पर एक नये तरह का परिवर्तन घटित करता है। इस तरीके के पट-परिवर्तन का किताबों के पन्नों से लेकर वीडियो सीडी तक विलोम नहीं है। नमक, चरखा, टोपी, हँसिया आदि घरेलू उपयोग की चीजें हमारे राष्ट्रीय जीवन में बहुत सारे क्रान्तिकारी परिवर्तन घटित कर चुकी हैं, क्योंकि हमें प्रतीकों में सोचने की आदत है।

मेरा यह तात्पर्य नहीं है कि कलम और सी.डी. भी हमारे जीवन में इतने बड़े नाटकीय परिवर्तन घटित करेंगी। लेकिन यह जरूर है कि अगर प्रबुद्ध लोगों के वक्तव्य होंगे, दो या तीन पीढ़ियाँ मिलकर अपनी भाषा के क्लासिक्स पढ़ेंगी, उनका पुनर्पाठ प्रस्तुत करेंगी और इस पुनर्पाठ के आलोक के जरिये अगर हम क्लासिकों को अपनी नयी पीढ़ी तक ले जाएँ तो उतना नाटकीय परिवर्तन नहीं, मगर कुछ परिवर्तन तो जरूर घटित होगा। बीज बोते चलने से, अँखुआ लगाते चलने से, कभी-न-कभी शहर की जलवायु बदलती ही है, तो वो जलवायु धीरे-धीरे बदलेगी। हम इस विश्वास के साथ ये पुनर्पाठ शृंखला शुरू कर रहे हैं...

यह पुनर्पाठ शृंखला खासकर स्त्रियों, शिक्षक और उन

नवयुवकों को जो कि कॉन्वेंट से निकली हमारी नयी पीढ़ी है और जो अपनी भाषा का ककहरा भी भूल गयी है, उनको अपने क्लासिकों तक ले जा सके तो एक नयी तरह का स्वाभिमान मिशन, एक स्वाभिमान आन्दोलन हम खड़ा कर सकते हैं। दोस्ती, मैत्री, समानता ये भाव परवान चढ़ें। एक दोस्त समाज बने, भेदभाव की संरचनाएँ ढहें, 'यूज एंड थ्रो' की नियति न स्त्री झेले, न पुरुष झेले, 'मोरल और मेटेरियल वेस्ट' का नैतिक और भौतिक कूड़े के ढेर होने की जो प्रदूषणपरक स्थिति है, उसका सामना आखिर हम इन्हीं क्लासिकों में छिपे संकल्पों के साथ कर सकते हैं। हमारा अभिजन समाज हमारा बौद्धिक समाज है। पुनर्पाठ जैसे समृद्ध प्रयत्नों से छोटी-छोटी क्रान्तियाँ घटित हो सकती हैं जो फिलहाल संभव है।

समाचार क्रान्ति और अन्य संचार माध्यमों की क्रान्ति की बात हम हमेशा करते हैं, लेकिन इस क्रान्ति में क्रान्ति के बीज तभी फूटेंगे जब संचार माध्यमों पर साहित्य का प्रभुत्व होगा। पुनर्पाठ तो एक शुरुआत है बातचीत की। बाद में हमारी संकल्पना है कि हम एक ऐसा 'प्रेशर ग्रुप' बनाएँ जो क्लासिकों का सीरियलाइजेशन भी कर सके और उन क्लासिकों पर फिल्में भी बना सके।

आदमी जो देखता है उससे भर जाता है, बड़े को देखने वाला बड़े से, क्षुद्र को देखने वाला क्षुद्र से। कहते हैं कि आत्मा की आँखें आत्मा का द्वार हैं। तो हम अपनी नयी पीढ़ी को जो भी दिखाएँगे, जो भी पढ़ाएँगे, वो ही उनकी नियति नये ढंग से गढ़ेगी।

इस समय विश्वविद्यालय में दाखिलों का मौसम है।

विश्व क्लासिक पढ़ते-पढ़ाते हमें हमेशा ये महसूस होता है कि अपनी भाषा के हीरे, गुदड़ियों से आखिर कब निकलेंगे, कब हम उनके आलोक में अपने समय के सरगम नये ढंग से गा सकेंगे?

विश्वविद्यालय में प्रवेश पाने आये किसी भी लड़के से, जो कि नन्हे बटुकों की तरह खाली हाथ ढकिया-ढकिया अलग-अलग तरह के निकायों में प्रवेश पाने आते हैं, उनकी बड़ी-बड़ी पोटलियाँ अंकों से भरी हुई होती हैं। अगर आप उनके कन्धों पर हाथ डाल कर पूछें कि आप भारतीय क्लासिकों में से पाँच के नाम बताइए तो बहुत होता है तो गाड़ी आगे बढ़ती है रवीन्द्रनाथ टैगोर की ओर और प्रेमचन्द पर आकर टिक जाती है। थोड़ा और कुरेदिए तो चेतन भगत, रश्दी, विक्रम सेठ याद आते हैं वो भी अवान्तर कारणों से। इस प्रकार का स्मृतिशून्य मनुष्य तो एक तरह का दरिंदा हो जाता है, या फिर मशीन हो जाता है, अपनी मिट्टी से जो नहीं जुड़ा होता वो ना घर का होता है ना घाट का होता है। इस प्रकार की मूल स्थापनाएँ लेकर हमने ये शृंखला शुरू करने की सोची है।

विश्व क्लासिक पढ़ते-पढ़ाते हमें हमेशा ये महसूस होता है कि अपनी भाषा के हीरे, गुदड़ियों से आखिर कब निकलेंगे...

यदि नवयुवकों और उनके माँ-बाप तक अगर पहुँचें और उनसे पूछें कि आपको अपने साहित्य के नाम पर क्या याद आता है तो कुछ लोगों को 'धर्मयुग', 'हिन्दुस्तान', 'दिनमान', 'सारिका' में प्रकाशित उन दिनों छपी कुछ रचनाएँ याद आती हैं। उनकी धुँधली-सी स्मृति में

पाठ्यक्रमों में पढ़ाये गये लेखक और बहुत हुआ तो कवि सम्मेलनों में सुने कुछ कवि याद आते हैं। वो महान रेडियो युग जिसमें नाटक-वाटक खेले जाते थे, या इप्टा के समय में जो नाटक खेले जाते थे उनके कुछ चरित्र, उनकी कल्पना के स्थायी नागरिक बने हुए नजर आते हैं। कविता की कुछ इक्का-दुक्का पंक्तियाँ वहाँ पर दीये और ढिबरी की तरह टिमकती हुई नजर आती हैं। बुजुर्ग लोगों के मन में भी साहित्य के प्रति ये जो पूर्व राग था उसको अनुराग में बदलने की हमने ठानी है और चूंकि संवेद संकल्प लेकर ही हम कुछ कर सकते हैं इसलिए आप सब अपनी-अपनी जगह जो जहाँ हैं वहाँ से संकल्पपूर्वक ये प्रयत्न करें। ये जो नये तरह का साहित्य आकलन हो रहा है, नयी तिजोरियाँ जो खोली जाएँगी, जो गाँठें खोली जाएँगी उसके आलोक में आप मूल पाठ अपनी नयी पीढ़ी को पढ़ाने या खुद भी उनको दुबारा से पढ़ने का यत्न करेंगे, उन पाठों से दोस्ती करेंगे तो समझिए एक बड़े अभियान, एक बड़ी क्रान्ति के सहचर होंगे।

अभी हमने हिन्दी क्लासिकों से शुरुआत की है। बाद में हम भारतीय क्लासिक पर भी जा सकते हैं और विश्व क्लासिकों से भी हमें कोई परहेज नहीं है, लेकिन धीरे-धीरे।

अब मैं निरुपम से कहती हूँ कि आगे की कार्यवाही के लिए आगे आएँ।

• पुनर्पाठ •

निरुपम

धन्यवाद, अनामिकाजी! हिन्दी क्लासिकों का पुनर्पाठ : दो पीढ़ियों का संवाद जैसे कार्यक्रमों की परिकल्पना तैयार करने के लिए और *वाणी प्रकाशन* जैसे महत्त्वपूर्ण हिन्दी प्रकाशक को अपनी परिकल्पना को जमीन पर उतार लाने के लिए आपने जो तैयारी की है यह बहुत बड़ा काम है। इस सबके लिए पूरे हिन्दी समाज की तरफ से आपका हार्दिक आभार व्यक्त करता हूँ। यह निश्चित रूप से आने वाले समय के लिए एक बहुत बड़ी शुरुआत है, इस मायने में कि अब तक जो कुछ क्लासिकों के बारे में कहा गया है, उन पर कुछ नये सवाल खड़े करने की कोशिश है यहाँ इस कार्यक्रम की।

आज के कार्यक्रम की रूपरेखा संक्षेप में आप सब लोगों के सामने मैं रख देना चाहता हूँ। आज का कार्यक्रम अभी पूरे पैनल के परिचय के बाद 'दिव्या' के अंश पाठ से शुरू होगा। उसके बाद अभय कुमार दुबे जी 'दिव्या' का परिचय आप सबके सामने ररखेंगे। उसके बाद भगवान सिंह जी थोड़े विस्तार में 'दिव्या' के बारे में अपनी स्थापना आप सबके सामने रखेंगे। चूंकि ये दो पीढ़ियों के संवाद का कार्यक्रम है तो उनकी स्थापना का हमारे सामने आना जरूरी है और फिर संजीव जी, वैभव जी, लगे हाथों थोड़ा मैं भी, उनसे संवाद करेंगे। मैं चाहता हूं कि भगवान सिंह जी, अभय कुमार दुबे जी, संजीव जी और वैभव जी मंच पर आ जाएँ और अपनी जगह ग्रहण करें।

• पुनर्पाठ •

–विचार मंडल द्वारा मंच ग्रहण–

भगवान सिंह जी उपन्यासकार, आलोचक, शोधकर्ता और कवि भी हैं। एक से अधिक भाषाएँ सीखने व समझने के क्रम में 1970 के लगभग इनको यह बोध हुआ कि भारतीय भाषाओं का कुल विभाजन और प्राचीनतम भारत का इतिहास ही गलत है। इस बोध के बाद भाषाशास्त्र, इतिहास, पुरातत्त्व में रुचि का विस्तार और ऐसे गैरअकादमिक शोध कार्य जिनके कारण सृजनात्मक लेखन गौण और खाली समय का दुउपयोग बन कर रह गया। आपके प्रमुख उपन्यास 'काले-उजले टीले', 'अपने अपने राम', 'परमगति', 'उन्माद', 'शुभ्रा' हैं। 'अपने समानान्तर' नाम से एक कविता संग्रह भी है। 'इन्द्रधनुष के रंग' आलोचना की पुस्तक है और हमें यह ध्यान रखना होगा कि मुक्तिबोध पर जब नामवर जी और रामविलास जी का अपनी-अपनी तरह का एकपक्षीय आलोचना क्रम चल रहा था उस समय जिन कुछ थोड़े ही युवाओं ने मुक्तिबोध पर शुरुआती दौर में अपनी तरह से देखा उनमें भगवान सिंह जी भी थे। शोधपरक कृतियों में स्थान नामों का भाषा वैज्ञानिक अध्ययन, 'आर्य-द्रविड़ भाषाओं की मूलभूत एकता', 'हड़प्पा सभ्यता और वैदिक साहित्य', 'द वैदिक हड़प्पंस 'भारत तब से अब तक' आदि है और आपने उपनिषदों की कहानियाँ और पंचतन्त्र की कहानियाँ जैसी किताबें पुनर्लिखित भी की हैं। सम्प्रति 'ऋग्वेद की परम्परा' नाम से एक धारावाहिक लेखमाला 'नया ज्ञानोदय' में चल रही है।

अभय कुमार दुबे जी सी.एस.डी.एस (विकासशील समाज अध्ययन पीठ) में भारतीय भाषा कार्यक्रम के सम्पादक हैं।

साहित्यिक रचनाओं को समाजवैज्ञानिक दृष्टि से परखने का प्रयास आप लगातार करते हैं। समाज विज्ञान को हिन्दी और अन्य भारतीय भाषाओं से जोड़ने की परियोजना के तहत हिन्दी में समाज विज्ञान के विश्वकोश के लेखन और सम्पादन में आजकल व्यस्त हैं।

संजीव कुमार जी अभी हाल ही में 'देवीशंकर अवस्थी सम्मान' से सम्मानित हुए हैं। उसके पहले युनिवर्सिटी ऑफ कैलिफोर्निया, बर्कले में अज्ञेय पर भाषण देकर आये हैं। आलोचना के लिए 'देवीशंकर अवस्थी सम्मान' मिला है। संजीव कुमार जी को आलोचना की जिस किताब के लिए पुरस्कार मिला उसका नाम है 'जैनेन्द्र और अज्ञेय, सृजन का सैद्धान्तिक नेपथ्य।' आप सबको पता है कि आजकल कहानी में भी हाथ-पैर मार रहे हैं, ऐसा उनका कहना है!

वैभव सिंह जी हिन्दी के बहुचर्चित युवा आलोचकों में से हैं। आपने जे.एन.यू. से पीएच.डी. की है। 'इतिहास और राष्ट्रवाद' नाम से आपकी पहली पुस्तक प्रकाशित हो चुकी है। आप अनुवादक के रूप में पर्याप्त प्रतिष्ठा हासिल कर चुके हैं।

आज जो लोग 'दिव्या' से पाठ करेंगे, पुरुष पात्र और स्त्री पात्र के रूप में, उन दोनों लोगों का परिचय भी पहले ही मैं आपको दे दूँ, ताकि बाद में किसी तरह का व्यवधान न हो। रामजी बाली, रामगोपाल बजाज और देवेन्द्र राज अंकुर के छात्र रहे हैं। आपने 2001 में नेशनल स्कूल ऑफ ड्रामा से एक्टिंग में ग्रेजुएशन किया। पिछले आठ बरसों से 'थियेटरवाला' नामक थियेटर ग्रुप का संचालन कर रहे हैं। आपने चारुदत्त कृष्ण बलदेव के नाटक 'मोनालिसा की मुस्कान' का निर्देशन

किया है। फ़ैज़ अहमद फ़ैज़ की ग़ज़ल पर निर्धारित नाटकों का लेखन और निर्देशन किया है। 'दाराशिकोह' नामक नाटक में मुख्य भूमिका निभाई। डॉ. रमा यादव दिल्ली विश्वविद्यालय के मिरांडा हाउस कॉलेज में हिन्दी पढ़ाती हैं और 'अनुकृति' नामक थियेटर क्लब का संचालन करती हैं।

यशपाल द्वारा लिखित 'यशपाल के निबन्ध' में उनका एक लेख है 'लेखक के प्रतिनिधि का प्रिय पात्र'। लेख की शुरुआत में कहते हैंः कथा लेखकों से प्रायः पूछा जाता है (पूछ लिया जाता है) कि तुम्हारी सृष्टि के सैकड़ों पात्रों में से किस पात्र ने तुम्हें सबसे अधिक उद्वेलित या प्रभावित किया है, जिसे तुम्हारे मानसिक प्रतिनिधि का प्रतिबिम्ब माना जा सके। मैं इस सवाल को सवाल ही रहने देता हूँ और पाठ के लिए आप सब लोगों को आमन्त्रित करता हूँ।

-पाठ-

सत्यानन्द निरुपम

तो अब तक हमलोग अनुभूति से गुजर रहे थे। और अब विचार की ओर अग्रसर होते हैं – अभय कुमार दुबे जी 'दिव्या' उपन्यास के बारे में हमसे विचार साझा करेंगेः

अभय कुमार दुबे

यशपाल का ऐतिहासिक उपन्यास 'दिव्या' एक बहुआयामी कृति है। लेकिन मैं यहाँ केवल उसके दो आयामों पर रोशनी

डालने की कोशिश करूँगा। इसी प्रक्रिया में हो सकता है कि इस बहाने मैं जो कुछ कहना चाहता हूँ, वह भी निकल कर आ जाए।

पहला धरातल है वह यशपाल कुछ इतिहास और कुछ कल्पना के सहारे बारीक पच्चीकारी करते हुए सागल के समाज में राजनीतिक- आर्थिक- विचारधारात्मक शक्तियों की तस्वीर पेश करते हैं...

पहला आयाम है उपन्यास का संरचनात्मक ढाँचा।

दिव्या की कहानी ईसा पूर्व दूसरी सदी में, सम्भवतः ईसा से 183 साल पहले के युग में स्थित है। इसकी कहानी का अधिकतर हिस्सा ज्यादातर सागल नामक नगर में घटता है। समझा जाता है कि सागल आज के पाकिस्तान का सियालकोट है, लेकिन प्राचीन काल के सागल और सियालकोट में कितनी समानता है इसके बारे में तो भगवान सिंह जी ही कुछ अधिकारपूर्वक कह सकते हैं। बहरहाल, उपन्यास का घटनाक्रम सागल से लेकर वर्तमान मथुरा तक फैला हुआ है। यह उस जमाने की बात है जब यशपाल के अनुसार इस पूरे क्षेत्र की अर्थव्यवस्था दास प्रथा और कृषि पर आधारित थी। दिव्या के घटनाक्रम का विकास चार धरातलों पर होता है।

पहला धरातल वह है जहाँ यशपाल कुछ इतिहास और कुछ कल्पना के सहारे बारीक पच्चीकारी करते हुए सागल के समाज में राजनीतिक-आर्थिक-विचारधारात्मक शक्तियों की तस्वीर पेश करते हैं। यहाँ दो ध्रुव हैंः वर्णाश्रम और बौद्ध धर्म। दोनों के बीच संस्थागत सत्ता-संघर्ष है। संक्रमणशील परिस्थिति है जिसमें वर्ण आधारित कुलों

दूसरा धरातल है संस्कृति का जहाँ ब्राह्मण संस्कृति, यवन या यूनानी संस्कृति और बौद्ध संस्कृति में आदान-प्रदान हो रहा है...

का प्रभुत्व घट रहा है। गुण आधारित समाज तरह-तरह के सामाजिक तत्त्वों का मिला-जुला परिणाम है। ब्राह्मणों को छोड़ कर अन्य वर्ण भी पूरी तरह से शुद्ध और सुपरिभाषित नहीं हैं। क्षत्रिय और वैश्य वर्णों में घालमेल है। हालात ऐसे हैं कि मौका मिलने पर दास अपनी हैसियत बढ़ा कर प्रभु वर्ग में आ सकता है। धनी और प्रभावशाली लोग या राजपुरुष जब बौद्ध या जैन धर्म अपनाते हैं तो दासों को न केवल स्वतन्त्र कर देते हैं, बल्कि उन्हें नया जीवन शुरू करने के लिए कुछ शुरुआती पूँजी भी देते हैं। इस माहौल में ब्राह्मण खुद को वंचित महसूस कर रहे हैं। उन्हें लगता है कि नीच कुल के मौर्यों का प्रभुत्व बढ़ने के कारण मुंडियों यानी बौद्धों ने उन्हें अपदस्थ कर दिया है, और अब वे मौर्यों को पराजित करने वाले ब्राह्मण सेनापति पुष्यमित्र शुंग के सहयोग से पुनः प्रतिक्रान्ति करके सत्ता हासिल कर सकते हैं। उपन्यास में जिन राजनीतिक तन्त्रों का जिक्र है, वे मुख्यतः दो किस्म के हैंः राजशाही, और गणराज्य। साफ तौर पर तो यशपाल ने नहीं कहा है, लेकिन जिस तरह के विवरण दिए गये हैं उनसे लगता है कि वे राजशाही के मुकाबले गणतन्त्र को बेहतर मानते हैं। शायद इसलिए कि उसके तहत समाज विचारों और बहस-मुबाहिसे के लिहाज से खुलापन अपना सकता है।

दूसरा धरातल है संस्कृति का जहाँ ब्राह्मण संस्कृति, यवन या यूनानी संस्कृति और बौद्ध संस्कृति में आदान-प्रदान

हो रहा है। विदेशी मूल के लोग, उनके सामाजिक मानक भारतवासियों और उनके मानकों व रीति-रिवाजों के साथ सहअस्तित्व में हैं। एक तरह की सामासिकता बन रही है। यहाँ तक कि दासों की संस्कृति भी जिसके हस्तक्षेप से सामासिकता और पेचीदा बन रही है। संक्रमणशीलता के कारण समाज में वैचारिक खुलापन भी है। इस सामासिकता के खिलाफ शुद्धतावादियों में नाराजगी भी है, पर भले ही कुछ लोगों को हिचक हो, पर सभी तरह के लोग इसकी रचना में भागीदारी भी कर रहे हैं।

तीसरा धरातल पारिवारिक और व्यक्तिगत सम्बन्धों का है जो संक्रमण की वेदना से गुजर रहे हैं। उपन्यास के सभी पात्र कहीं न कहीं मर्माहत हैं। परिवर्तन की प्रक्रिया के बीच उनका सामाजिक और व्यक्तिगत अस्तित्व तरह-तरह की असुरक्षाओं का सामना कर रहा है। पहले से स्थापित चली आ रही इयत्ताएँ अपर्याप्त लग रही हैं। वे उसे नये सिरे से परिभाषित करना चाहते हैं। नयी इयत्ता की खोज आसान नहीं है। वस्तुनिष्ठता के दबाव में सभी पात्रों को अपनी-अपनी आत्मनिष्ठता हासिल करनी है। इस प्रक्रिया में जिसे हालात के वशीभूत हो कर सबसे ज्यादा विद्रोह करना पड़ता है, उसे सबसे ज्यादा तकलीफ उठानी पड़ती है। वह पात्र है दिव्या। असह्य वेदना और अमानुषिक अत्याचारों से गुजरते हुए उसका समग्र अस्तित्व ही छिन्न-भिन्न हो जाता है। एक शीर्ष सत्ताधारी ब्राह्मण परिवार में जन्म लेने के कारण उसकी नियति एक

तीसरा धरातल पारिवारिक और व्यक्तिगत सम्बन्धों का है जो संक्रमण की वेदना से गुजर रहे हैं...

> **चौथा धरातल है विचारधारा का। इसके मर्म में तीन प्रमुख विचार-सूत्र हैं। पहलाः वेश्या स्वतन्त्र नारी है। दूसराः वेश्या स्वतन्त्र अवश्य है, पर अपनी स्वतन्त्रता वह खुद नहीं भोग पाती बल्कि दूसरे लोग भोगते हैं। तीसराः व्यक्ति का ध्येय स्वतन्त्र कर्त्ता बनना है...**

सम्मानित कुलवधू बनने की है, लेकिन उसे कुलवधू के बजाय दासी और फिर नर्तकी बनना पड़ता है। वह वेश्या बनना चाहते हुए भी नहीं बन पाती क्योंकि वह यौन कामना से वंचित हो चुकी है और काठ की अत्यन्त सुन्दर पुतली के समान है। एक स्त्री के रूप में उसे तीन लोग हासिल करना चाहते हैं, या यूँ कहें कि दिव्या के सामने इन्हीं तीन लोगों के बीच से चुनाव का प्रश्न है। रुद्रधीर ब्राह्मण नेता है और वर्णाश्रम आधारित प्रतिक्रान्ति की तैयारियों में लगा हुआ है। पृथु सेन दास परिवार में पैदा हो कर तिजारती पूँजी और युद्ध के जरिए प्रगति करता हुआ सामन्त बन गया है। उसका उभार वर्णाश्रम को कमजोर करता हुआ बौद्ध-सत्ता को पुष्ट करता है। ये दोनों ही पात्र उपन्यास में दिखाई गयी राजनीतिक साजिशों और चालबाजियों के दो केन्द्र हैं। तीसरा है मारिश जिसे चार्वाकों की लोकायत परम्परा के प्रवक्ता के रूप में पेश किया गया है। मारिश की उपस्थिति केवल व्यक्तिगत और विचारधारात्मक है। वह एक आवारागर्द सर्वहारा बुद्धिजीवी जैसी हस्ती है जिसका सभी लोग सम्मान करते हैं, उसकी ललकार और धिक्कार सुनते हैं, पर उसके साथ न समाज है, न संस्था। न ही वह उत्पादन से जुड़ा हुआ है, न ही सामाजिक सम्पत्ति पर उसकी कोई दावेदारी है।

चौथा धरातल है विचारधारा का। इसके मर्म में तीन प्रमुख विचार-सूत्र हैं। पहलाः वेश्या स्वतन्त्र नारी है (दिव्या के बौद्ध मठ में शरण माँगने का प्रसंग)। दूसराः वेश्या स्वतन्त्र अवश्य है, पर अपनी स्वतन्त्रता वह खुद नहीं भोग पाती बल्कि दूसरे लोग भोगते हैं (मारिश के साथ दिव्या का संवाद)। तीसराः व्यक्ति का ध्येय स्वतन्त्र कर्त्ता बनना है। स्वतन्त्रता अनुभव करना ही जीवन है (मद्यपों के बीच मारिश का उपदेश)। सारी घटनाएँ और सारे पात्र इन्हीं तीन केन्द्रीय वैचारिक सन्देशों के मातहत हैं।

इन विचार-सूत्रों की रोशनी में पढ़ने पर स्पष्ट हो जाता है कि यशपाल एक ऐसे समाज की तस्वीर उकेरते हैं जो जड़ नहीं है। परिवर्तनकामी है। इस हद तक कि भारत के बाहर से आने वाले प्रभावों को भी आत्मसात कर रहा है। लेकिन जिस समाज में क्रीत दास तक को सामन्त बनने का अवसर मिल सकता है, उसमें स्त्री के सामने स्वतन्त्र होने का कोई उपाय नहीं है। इसलिए दिव्या के रूप में स्त्री न तो ब्राह्मण धर्म के खिलाफ सामाजिक-राजनीतिक क्रान्ति कर रहे बौद्ध धर्म की शरण में जाने के लिए तैयार है, न ही प्रतिक्रान्ति कर रहे वर्णाश्रम से वह कोई नाता रखना चाहती है। वह एक संस्थाहीन, सत्ताहीन और सामाजिक रूप से आधारहीन मारिश का दामन थामने का फैसला करती है।

दूसरा आयाम है इस ऐतिहासिक उपन्यास का इतिहास।

'दिव्या' का प्रकाशन 1945 में हुआ था। हिन्दी साहित्य के विकास से वाकिफ साथी जानते होंगे कि तीस और चालीस के दशक को कई बेहतरीन ऐतिहासिक उपन्यासों के दशक के

रूप में भी जाना जाता है। चतुरसेन शास्त्री के अमर उपन्यास 'वैशाली की नगर वधू' के साथ-साथ वृंदावनलाल वर्मा के कई उपन्यासों 'गढ़ कुंढार', 'विराटा की पद्मिनी', 'झाँसी की रानी' और 'माधोजी सिंधिया' का प्रकाशन भी इन्हीं दो दशकों में हुआ था। राहुल सांकृत्यायन की रचनाएँ 'सिंह सेनापति' और 'जय यौधेय' भी इसी दौर की हैं। आचार्य हजारी प्रसाद द्विवेदी की यशस्वी रचना 'बाणभट्ट की आत्मकथा' का प्रकाशन-वर्ष भी 1946 है। लेकिन सबसे ज्यादा विवाद 'दिव्या' को लेकर ही हुआ और साठ-सत्तर के दशक तक किसी न किसी रूप में जारी रहा। आज की चर्चा में वह विवाद फिर से किसी न किसी रूप में उखड़ेगा। कुछ आलोचकों ने इसे अपने समय से आगे की रचना बताया, क्योंकि उन्हें लगता था कि दिव्या के रूप में उपन्यासकार ने एक ऐसे अनूठे चरित्र की सृष्टि की है जो अपनी मर्जी की जिन्दगी जीने के लिए वेश्या तक बनने के लिए तैयार हो जाती है। तो कुछ की आपत्ति थी कि इसमें इतिहास के तथ्यों के साथ कुछ ज्यादा ही छूट ली गयी है। इन लोगों का दावा था कि यूनानी संस्कृति, वर्ण प्रधान भारतीय संस्कृति और बौद्ध संस्कृति के बीच ऐसा मेल-मिलाप पूरी तरह से काल्पनिक है जैसा यशपाल ने दिखाया है। दिव्या में यशपाल ने जिस समाज का बारीक विवरण पेश किया था, उससे भारत के स्वर्णिम अतीत की राष्ट्रवादी परियोजना पर सवालिया निशान लग जाते थे। बौद्ध धर्म को क्रान्तिकारी मानने वालों को लगता था कि दिव्या बौद्ध-क्रान्ति की सीमाओं का पर्दाफाश कर देता है। उपेन्द्रनाथ अश्क ने यह आक्षेप भी लगाया कि यशपाल ने यह उपन्यास फिल्मान्तरण की सम्भावनाओं को ध्यान में रख कर लिखा था।

बहरहाल, ये विवाद एक तरफ चलते रहे और उपन्यास पाठकों के बीच कामयाबियों की मंजिलें चढ़ता रहा। मैंने आपातकाल की जेल काटते हुए 1975 में इसे पढ़ा और तब से आज तक इसके रोचक और नाटकीय कथानक को भूल नहीं पाया। भारत की सभी प्रमुख भाषाओं में तो इसका अनुवाद हुआ ही, अंग्रेजी, रूसी और चेक भाषा में भी इसका प्रकाशन हुआ। अंग्रेजी में 'दिव्या' का पहला अनुवाद भीष्म साहनी ने किया था, जो शायद प्रकाशित नहीं हुआ। आजकल उपलब्ध अनुवाद आनंद का किया हुआ है। पिछले पैंसठ सालों में इस उपन्यास की कितनी प्रतियाँ बिकी होंगी, इसकी कोई गिनती नहीं है। लेकिन अगर हिसाब रखा जाता और हिन्दी में भी अगर कोई बेस्ट सेलर्स की लिस्ट होती तो मेरा ख्याल है कि 'दिव्या' को आज तक की सबसे ज्यादा बिकने वाली रचनाओं में स्थान मिलता।

आज हमारे पास हिन्दी साहित्य के दिव्या-प्रकरण की पश्चात-दृष्टि है। इस निगाह का इस्तेमाल करने पर कम से कम मुझे लगता है कि इस रचना को लेकर यशपाल की प्रशंसा करने वालों और उनकी आलोचना करने वालों ने उनके साथ इंसाफ नहीं किया। पहला अन्याय उसके साथ यह हुआ कि उसे इतिहास की कसौटी पर कस कर देखा गया। हम जानते हैं कि इतिहास-लेखन

कुछ आलोचकों ने इसे अपने समय से आगे की रचना बताया, क्योंकि उन्हें लगता था कि दिव्या के रूप में उपन्यासकार ने एक ऐसे अनूठे चरित्र की सृष्टि की है जो अपनी मर्जी की जिन्दगी जीने के लिए वेश्या तक बनने के लिए तैयार हो जाती है...

की कसौटियाँ कितनी सन्दिग्ध होती हैं। वे इतिहास-लेखन की विभिन्न प्रवृत्तियों को ही आपस में खारिज करती चलती हैं। अगर यह उपन्यास उन्नीसवीं सदी में प्रकाशित होता तो इसे इतिहास-लेखकों के शिक्षक की हैसियत मिलती। दूसरा सबसे बड़ा अन्याय तो इसकी तुलना भगवती चरण वर्मा की कृति 'चित्रलेखा' के साथ तुलना करने से हुआ। 'चित्रलेखा' 1934 में प्रकाशित हुआ था। साहित्यिक क्षेत्रों में लगातार यह अफवाह बनी रही है कि प्रगतिशील और वामपन्थी दिव्या के रूप में नियतिवादी और दक्षिणपन्थी चित्रलेखा का जवाब खड़ा किया गया है। आज जब मार्क्सवादी साहित्यालोचना के अतिसरलीकृत संस्करण से हमारी आलोचना सम्भवतः एक हद तक मुक्त हो चुकी है, तो हम यह कहने का साहस कर सकते हैं कि चित्रलेखा और दिव्या दोनों ही परम्पराओं की बेड़ियों में बँधे समाज में एक स्वतन्त्र कर्त्ता की खोज और उसकी स्थापना के उद्यम का परिणाम हैं। भारतीय साहित्य के ये दोनों कालजयी चरित्र एक-दूसरे के पूरक तो हो सकते हैं, विरोधी नहीं हो सकते।

एक किरदार के रूप में चित्रलेखा एक सुचिन्तित रूप से गढ़ी गयी स्वतन्त्र कर्त्ता है। वह पहले पृष्ठ से ही इसी रूप में उपन्यास के पृष्ठों पर अवतरित होती है और अन्त तक स्वतन्त्र कर्त्ता ही बनी रहती है। हम देख चुके हैं कि दिव्या जमाने की हवाओं में भटकते हुए स्वतन्त्र कर्त्ता बनने के निश्चय पर पहुँच पाती है। दिव्या का जीवन निश्चित रूप से एक विद्रोह है, पर उस विद्रोह की सीमा क्या है? दिव्या को जिस स्वतन्त्रता की खोज है, उसकी प्रकृति क्या है? क्या दिव्या और मारिश के माध्यम से यशपाल यूरोपीय ज्ञानोदय

द्वारा आधुनिकता के मर्म में स्थापित व्यक्ति-स्वातन्त्र्य के सिद्धान्त के मुताबिक स्वतन्त्रता की वकालत नहीं कर रहे? यशपाल ने अपना वैचारिक लक्ष्य पूरा करने के लिए दिव्या के प्रमुख पात्र मारिश के माध्यम से एक जबरदस्त वैचारिक कलाबाजी खाई है। वे मारिश को बताते तो लोकायतवादी दार्शनिक हैं, पर वह जितनी बातें करता है उनका चार्वाकों के भौतिकवादी दर्शन से ताल्लुक कुछ कम ही है। लोकायतों का संसार तो आत्मनिष्ठता और वस्तुनिष्ठता के बीच भेद से ही सहमत नहीं था। स्वतन्त्र कर्त्ता का पूरा विचार इस प्रस्थापना पर आधारित है कि मनुष्य के भीतर कुछ ऐसा होता है जिसे उसकी भौतिकता की रोशनी में परिभाषित नहीं किया जा सकता। मारिश तो पश्चिमी उदारतावाद में पारंगत उस व्यक्तिवादी दर्शन की भाषा बोलता है जिसकी नींव देकार्त के चिन्तन पर खड़ी है। कोजिटो अरगो सम। यानी मैं सोचता हूँ इसलिए मैं हूँ। मैं इस देह, समाज, प्रकृति, चार या पाँच तत्त्वों, समुदाय और लौकिकता के कारण नहीं हूँ। मैं इसके परे कुछ हूँ क्योंकि मेरे पास एक सेल्फ है, एक आत्मनिष्ठता है, एक सब्जेक्टिविटी है। लोकायतों का भौतिकवाद इस चिन्तन के खिलाफ खड़ा है। वह आइडिया ऑव सेल्फ से सहमत नहीं है, और आधुनिकता के केन्द्र में यही आइडिया ऑव सेल्फ है जिसकी पैरोकारी मारिश कर रहा है। इसीलिए मारिश चार्वाकों का प्रतिनिधि नहीं है। आज के संवाद में शायद हमें यह भी देखना चाहिए कि यह मारिश क्या बला है। यशपाल मार्क्सवादी थे। आगे चल कर हम देखते हैं कि भारतीय मार्क्सवाद ने एक खास तरह की सांस्कृतिक और वैचारिक राजनीति की, और अपनी भारतीय जड़ों को लोकायत दर्शन की मदद से गढ़ना

शुरू किया। देवीप्रसाद चट्टोपाध्याय ने भारतीय दर्शन में चार्वाक परम्परा पर रोशनी डाल कर जो काम किया, क्या यशपाल उसकी पूर्वपीठिका तैयार कर रहे थे?

अब आखिर में 'दिव्या' की प्रासंगिकता।

मेरा विचार है कि 'दिव्या' समाज-विज्ञान के लिए अत्यन्त उपयोगी उपन्यास है। इसके पृष्ठों पर हमें एक बदलते हुए समाज में अपनाये जा सकने वाले न्याय के सिद्धान्त के दर्शन होते हैं। इसकी रोशनी में जॉन रॉल्स की थियरी ऑव जस्टिस को फिर से जाँचा जा सकता है। दासों को स्वतन्त्र करने वाले प्रकरण की रोशनी में मुझे लगता है कि अमर्त्य सेन द्वारा प्रतिपादित केपेबिलिटी थियरी पुष्ट होती है। सबसे बड़ी बात तो यह है कि दिव्या हमें स्वतन्त्रता की प्रकृति पर नये सिरे से गहन विचार करने की दावत देता है। पृथुसेन स्वतन्त्रता का प्रबल दावेदार है, पर उसे दिव्या की स्वतन्त्रता की परवाह नहीं है। दिव्या के रूप में यशपाल ने उदारतावाद के साम्राज्य में जेंडर जस्टिस को रेखांकित किया है।

पैंसठ साल गुजर चुके हैं इसके प्रकाशन को। अंग्रेजों ने हमें जो औपनिवेशिक आधुनिकता थमाई थी, उसमें हमने इस दौर में बहुत कुछ जोड़-घटा दिया है। उसका एक भारतीय किस्म का संस्करण तैयार कर लिया है। अपनी तमाम दिक्कतों के बावजूद यह संस्करण फल-फूल रहा है। हमें दिव्या के एक पुनर्पाठ की जरूरत है। हिन्दी की दुनिया में पिछले दिनों एक खास तरह का बेहद आकर्षक और विचारोत्तेजक नारीवाद अपनी तमाम सीमाओं के साथ विकसित

हो रहा है। सार्वजनिक जीवन में वेश्या को सेक्स-वर्कर बनाने के सवाल को लेकर बहसें चल रही हैं। स्त्री की सेक्शुअलिटी का प्रश्न हवा में है। विवाह और परिवार की संस्था प्रश्नांकित हो रही है। परिवार के नये रूपों का सन्धान किया जा रहा है। मुझे लगता है कि दिव्या का पुनर्पाठ इसी पृष्ठभूमि की रोशनी में होना चाहिए।

निरुपम

धन्यवाद, अभय जी। बातचीत में तो बेस्टसेलर वाला मामला भी एक मुद्दा बन ही सकता है क्योंकि हम जानते हैं बेस्टसेलर किताबें दो तरह से बनती हैं – एक 'गुनाहों का देवता' वाली कसौटी है, जो किसी पाठ्यक्रम में नहीं है, लेकिन बेस्टसेलर है, और एक 'दिव्या' है जो बेस्टसेलर है क्योंकि यह पाठ्यक्रम में है। ऐसा मैं इसलिए भी कह रहा हूँ कि आज फेसबुक पर बहस चल रही है जिसमें एक ओर जे.एन.यू. के एक प्रबुद्ध छात्र ने लिखा है कि खरीदने के आठ साल बाद भी मैं उसको ('दिव्या') पूरा नहीं पढ़ पाया तो कारण है बोझिल और क्लिष्ट भाषा। उसका यह भी कहना है- "ये उपन्यास अगर सिविल सेवा के पाठ्यक्रम में नहीं होता तो मैं इसको कतई नहीं पढ़ता।" मैं उन मित्र का नाम नहीं लूँगा, लेकिन ये उनकी अकेली राय नहीं है। ऐसा कई लोग मानते हैं। इस विषय पर भी आगे बातचीत होगी, पहले हम लोग भगवान सिंह जी से उनके विचार सुनते हैं।

भगवान सिंह

अभय कुमार जी ने बहुत बढ़िया ढंग से 'दिव्या' की अन्तर्वस्तु को हमारे सामने रखा और जितने मार्मिक ढंग से उन्होंने इसका विवेचन किया वो मेरे लिए सम्भव नहीं है – मैं 'दिव्या' को उसके समर्पण के वाक्य से पढ़ना पसन्द करूँगा।

यह जो आत्मीय व्यक्ति है, और जिसकी पीड़ा ने 'दिव्या' लिखने के लिए यशपाल को मजबूर किया और जिसे वे दिव्य मानते हैं, वो कौन व्यक्ति है, यह अनुमान का विषय हो सकता है। परन्तु व्यक्तिगत दूरी से अनुभव को किस तरह से रचना में प्रक्षेपित किया जाता है, इसका बहुत बढ़िया उदाहरण 'दिव्या' है।

'दिव्या' इतिहास कथा नहीं है। इतिहास को जानबूझ कर अनुभूत से दूरी पैदा करने के लिए उन्होंने चुना है और उन्होंने कहा भी है कि इतिहास का हमको बहुत अच्छा ज्ञान नहीं है। यशपाल जी अपनी रचना करते समय अधिकतम 'ऑथेंटिक' जानकारी जुटाने की कोशिश करते थे। पुस्तकों से, पत्रों से, लोगों से मिलकर और बहस करके भी। इस पुस्तक पर भी उन्होंने अपने समय के दो बड़े इतिहासकारों से चर्चा की – एक वासुदेवशरण अग्रवाल और दूसरे डॉ. भगवतशरण उपाध्याय। उसके साथ-ही-साथ उन्होंने इतिहास का अपना अध्ययन भी किया होगा। फिर भी इतिहास सम्बन्धी बहुत सारी बातें हैं जिनके विषय में उनसे सहमत नहीं हुआ जा सकता। इतिहास पर बात करना, रचना पर बात करना नहीं है।

इतिहास की बहुत सारी गड़बड़ियाँ किसी भी रचना में

हो सकती हैं। अपने कथ्य के इतिहास के जिन अंशों को कोई आदमी चुनता है, वो ज्यादा इम्पोर्टेंट है। वो ज्यादा मायने रखता है।

'दिव्या' इतिहास कथा नहीं है।... यशपाल ने कहा भी है कि इतिहास का हमको बहुत अच्छा ज्ञान नहीं है...रचनाकार इतिहास में इसलिए जाता है कि वहाँ ज्यादा छूट की गुंजाइश होती है और अपने मन के मुताबिक सिचुएशन लेकर और भी बात कह सकता है...

तो पहली बात यह है कि यह रचना इतिहास की कथा नहीं है, वर्तमान की कथा है और वर्तमान की समस्याओं से, सामाजिक मूल्यों से और जो हमारी व्यवस्था है – आर्थिक या पारिवारिक व्यवस्था – उससे टकराने की एक कोशिश है। इसमें स्त्री की दासता किन-किन रूपों में बयां होती है उसे दर्शाया गया है। एक विचित्र-सी बात है इस उपन्यास में भी दासियाँ हैं, दास नहीं दिखाई देते। पृथुसेन दास-पुत्र है, उसका पिता दास रह चुका है। वह स्वयं दास नहीं है। स्त्री पात्रों के अलावा दूसरा दास कोई नहीं है। दासियाँ बहुत सारी हैं। जो सेविकाएँ और सहचरी हैं वह भी दासी ही हैं।

'दिव्या' में देखने को मिलता है कि अन्य दासियों के साथ पुरुष वर्ग कितनी छूट लेता है। एक व्यक्ति दासी को स्पर्श करता है और ऐसा वह माँ की उपस्थिति में करता है। क्योंकि वह स्त्री संकुचित होती है तो माँ कहती है कि ये कुछ ललनाओं की तरह लज्जा दिखा रही है। मतलब, एक स्त्री के साथ ऐसा व्यवहार लोगों के सामने किया जा सकता है, पत्नी

के सामने या माँ के सामने किया जा सकता है, परिवारजनों के सामने किया जा सकता है।

गौर करने की बात है कि कभी भारतीय समाज में ऐसा नहीं हुआ। भारतीय समाज में जो दास प्रथा प्रचलित थी वह दूसरे देशों की दास प्रथाओं से भिन्न थी। इस वजह से जो यवन आये थे, पाटलिपुत्र वगैरह में जिन्होंने जीवन बिताया था, वो मानते थे कि भारत में दास प्रथा है ही नहीं क्योंकि भारत में प्रचलित दास प्रथा का अर्थशास्त्र में वर्णन है (दूसरे विधान भी हैं) और यह भी माना गया है कि शूद्र को चाहे खरीदा गया हो चाहे न खरीदा गया हो, उसे दास बनाया जा सकता है। 'शूद्रं तु कारयेत दास्य क्रीतमक्रीत मेव वा' – शूद्र खरीदा गया हो या न खरीदा गया हो, उससे सेवा कराई जा सकती है। तो दास खरीदे भी जाते थे, उनको रखा भी जाता था लेकिन वास्तविक रूप से दास व्यापार इस तरह से नहीं चला करता था। कर्जा हो गया और उसके बाद शूद्र दासता से भुगताएगा। कई बार बहुत ज्यादा आपदा आ गयी तो गरीब आदमी स्वतः कहता था कि बाबू जी अपने पास रख लीजिए और उसका गुजारा हो जाया करया करता था। तो उस दासता में एक गारंटी थी, जिसके बारे में कोसंबी ने अपने इतिहास में लिखा है कि दास के साथ कोई भी आचरण अगर किसी व्यक्ति ने किया जो मर्यादा के अनुरूप नहीं है, तो उसी के कारण उसको दासता से मुक्ति मिल जाएगी। तो दासता का जो भारतीय स्वरूप था उस पर उन्होंने यूरोपीय, या कहिए, ग्रीक दासता आरोपित कर दी।

खैर, वो एक अलग बात है कि रचनाकार किस-किस

तरह की छूट लेता है, वह इतिहास में इसलिए जाता है कि वहाँ ज्यादा छूट की गुंजाइश होती है और अपने मन के मुताबिक सिचुएशन लेकर और भी बात कह सकता है। तो यशपाल ने भी 'दिव्या' की रचना के इसीलिए एक ऐसे काल को लिया था जिसमें एक ऐसी संकर व्यवस्था कायम हो रही थी। जिसमें कि एक ओर यूनानी प्रभाव आ चुका है और दूसरी ओर उसके अनुसार भारतीय संस्कृति में रूपान्तरण भी हो रहा है। इस कारण वो उसमें कुछ चीजें जोड़ सकते हैं और हटा भी सकते हैं। उस जमाने में वर्तमान को लेकर कई चीजें कहना मुश्किल था, इसलिए इतिहास के माध्यम से वो छूट लेखक को मिलती है।

लेकिन मैं यह कहना चाहता हूँ (हालाँकि, दुबे जी के वक्तव्य में एक बहुत ही जरूरी बात थी) कि 'दिव्या' को केवल जेन्डर केन्द्रित या सेक्स केन्द्रित विषय मानकर लिखा नहीं गया है। इतने व्यापक परिप्रेक्ष्य में पूरी व्यवस्था के ऊपर यशपाल की आलोचना है कि दूसरी कोई भी रचना जिसके साथ इसकी तुलना की जाती है, उसके साथ इसको तुलनात्मक तरीके से नहीं देखा जा सकता।

यशपाल एक दूसरी दूरी भी लेते हैं। देखिए, व्यक्ति का जो जाना हुआ यथार्थ है, या आत्मीय का भोगा हुआ यथार्थ है, उससे हट कर कुछ लोग आज नैतिकता के बारे में बात तो करेंगे कि स्त्री को छूट मिलनी चाहिए, पर अपनी पत्नी को वह छूट नहीं देंगे। यशपाल अपनी पत्नी के ऊपर ये वाक्य कह रहे हैं और उसके साथ वो पूरे समाज की ग्लानि को उसके अपने माध्यम से प्रस्तुत कर रहे हैं। व्यक्ति के रूप में यशपाल

साधारण व्यक्ति नहीं हैं।

इसके साथ एक दूसरी बात है भाषा की, जिसको लेकर किसी छात्र ने कहा भी कि मैं इसको पढ़ नहीं सका। इसके दो पक्ष हैं, भाषा सरल होनी चाहिए पर भाषा इतनी सरल नहीं होनी चाहिए कि भाषा ही समाप्त हो जाए। तो हम एक ऐसे दौर से गुजर रहे हैं जिसमें विचारों और जीवन अनुभवों को भी संकुचित करते जा रहे हैं। इतिहास कौन देखने जाएगा, इतनी पुरानी कृति कौन देखने जाएगा। एक मुहावरा है सुमेरियंस के बारे में, उनको 'ब्लैंक हेडेड' कहा जाता था, कि ब्लैंक हेडेड लोग मर क्यों गये? तो इसका उत्तर था कि वह इसलिए मारे गये क्योंकि वे अपना इतिहास भूल गये थे। इतिहास को भूलनेवाली जातियाँ जिन्दा नहीं रहती हैं। इसलिए इतिहास से बहुत ज्यादा घबराना नहीं चाहिए। दस-बीस दशक का तो हमारा हिन्दी साहित्य है उसी में यदि कृतियाँ पुरानी हो जाएँ और पढ़ने लायक न रह जाएँ, तो ये दुर्भाग्य की बात है।

भाषा की इस समस्या से मैं भी रूबरू था। अपना उपन्यास लिखते समय जब भी मुझे लगा कि बौद्ध काल में, जिस काल फलक को मैंने अध्ययन के लिए चुना, पश्चिम के शब्द या अमुक-अमुक अक्षर थे या नहीं, तब मैंने संस्कृताइज्ड हिन्दी खुद भी लिखी। महाभिषक मैं और उसके सम्पादक विष्णु प्रभाकर जिन्होंने कहा कि भाषा जरा क्लिष्ट हो गयी है, तो भाषा तो नहीं सुधार सका, पर बाद में थोड़ा-थोड़ा टोन-डाउन जरूर किया। यह बात बाद में मेरे विचार में आयी कि मैं हिन्दी में लिख रहा हूँ, बौद्धकालीन भाषा में नहीं लिख रहा हूँ। अंग्रेजी में लिखता तो क्या उन शब्दों का इस्तेमाल करता

जिनका इस्तेमाल किया?

हम जिस हिन्दी भाषा में आज लिख रहे हैं उसमें उर्दू के शब्द हैं, फारसी के शब्द हैं और हम जिस भी युग की बात करते हैं उस युग की शब्दावली का भी प्रयोग करते हैं। मैं भाषा उपयोग की इन गुत्थियों के कारण गुमराह था और यशपाल जी भी गुमराह थे। उन्होंने सचेत रूप में संस्कृत का प्रयोग किया है और बहुत जगह गलतियाँ भी की हैं। जैसे मैंने थोड़ा नोट कर लिया था भाषा में जैसे – रथ प्रस्तुत करने के लिए कहे, पशुबल का निरोध, (निरोध नहीं होता है, पशुबल का निषेध होता है), निरोध शब्द दूसरी जगह आता है।

इसी तरह से कुछ तो हमारे लेखक लिखते हैं, और कुछ हमारे प्रकाशक भी रचना को बनाते हैं तो इसमें जैसे यशपाल ने लिखा 'मैरेय' तो छापे में लगातार 'मेरे' हर जगह मेरे चला आ रहा है, 'सम्भाल' चला आ रहा है 'सँभा' की जगह पर। इसी तरह से अभी एक सज्जन पाठ कर रहे थे तो उन्होंने कहा– 'सूर्य की उत्तम किरणों से दग्ध होती', उत्तम किरणों से दग्ध नहीं हो रही थी, 'उत्तप्त किरणों से दग्ध' हो रही थी। और ये प्रूफ की गलतियाँ कितनी महत्त्वपूर्ण हैं, खासतौर से, जब एक कृति पाठ्यक्रम में रखी गयी हो और प्रकाशक भी इस पर ध्यान दें कि छपे हुए शब्दों की सैंक्टिटी (संवेदना) होती है। हमने पढ़ा है। यही लिखा जाता है। बहस करते हैं लोग कि मैंने उस किताब में पढ़ा है। क्या कह रहे हैं आप! जो सही बताने वाला है उसको आप ग़लत साबित कर दें तो छपे हुए शब्दों की 'सैंक्टिटी' का निर्वाह किया जाना चाहिए तो ऐसे-ऐसे प्रयोग हैं जैसे– 'उसके अधिकार पर आश्रित' यहाँ

अधिकार पर निर्भर होने की बात की जा रही है, अधिकार पर आश्रित तो दूसरा व्यक्ति होगा। इसी तरह से आत्मरक्षा का कर्तव्य, यानी 'यह स्वर्ण अवसर है और आत्मरक्षा का कर्तव्य भी।' तो कर्तव्य नहीं है आत्मरक्षा का, आत्मरक्षा की तो विवशता होती है। वहाँ कर्तव्य की भावना में तो तुमको आत्मरक्षा नहीं आएगी, अपने को डेडीकेट करना आएगा, दूसरों को समर्पित करना आएगा।

इसी तरह से 'मृत्युदण्ड का अधिकारी' होगा। अभी बताया कि 'मृत्युदण्ड का पात्र' होगा, 'अधिकारी' नहीं होगा। तो इस तरह की गलतियाँ बहुत सारी हुई हैं, कि जैसे स्वामिनी की 'निद्रा में व्याघात', 'निद्रा में व्याघात' नहीं होता है, 'व्यवधान' होता है। 'बिष्टर' शब्द इन्होंने जानबूझ कर किया है। 'बिष्टर' शब्द ठीक है, वैदिक प्रयोग है। 'बिष्टर' 'विस्तार' के लिए आया है और पता नहीं यह 'बिस्तर' के लिए इस्तेमाल होता था कभी कि नहीं, लेकिन मुझे लगता है कि यशपाल वैदिक रुचि वाले पहले से थे और आर्यसमाजी थे, तो 'बिष्टर' जो कि ऋग्वेद से लिया हुआ है, उसका इस्तेमाल हुआ है।

इसी तरह से 'प्राणग्रहण' नहीं किया जाता 'प्राणहरण' किया जाता है। 'सुरा चोषण' नहीं, 'सुरा का स्वाद लेने लगे'। चुसकी का उन्होंने शब्द बना लिया। तो भाषा इस तरह से गढ़ी गयी। खैर, तो भाषा का उन्होंने जानबूझ कर संस्कृतकरण किया है और संस्कृतकरण करने में जितनी भी उनकी जानकारी थी, उसमें थोड़ी-सी गढ़ने में गलती भी हो गयी।

इसी तरह इतिहास की भी गलतियाँ हैं जिनके विस्तार में जाने की कोई जरूरत नहीं है। लेकिन मानव मूल्यों और

जीवन मूल्यों की समालोचना का जो सबसे महत्त्वपूर्ण पक्ष था, उस पर दुबे जी इतना बढ़िया बोल चुके हैं कि उस पर मैं समय बर्बाद नहीं करना चाहूँगा।

'दिव्या' 150 पन्नों की कृति है। इसकी संरचना के पीछे जो हाथ लगे हैं वह बहुत सधे हुए हैं क्योंकि जैसा कि अरस्तू ने पहले ही कहा है कि 'प्लॉट' यानी कथानक (क्योंकि कथानक सबसे महत्त्वपूर्ण होता है) को सँजोना सबसे मुश्किल काम है। शुरू से ही यशपाल का समृद्ध नाटकीय विधान इसी बात पर जोर देता रहा है कि कथानक में कब क्या जोड़ना है, बनाना है, रोकना है, कहाँ तक रोकना है और फिर कथानक को कहाँ तक ले जाना है फिर वहाँ से कहाँ पहुँचना है, इसकी विषय वस्तु पर विशेष ध्यान रखते हैं।

एक बार बिमल मित्र के बारे में गुलज़ार का एक इंटरव्यू था। वह बता रहे थे कि एक कहानी में अमुक पात्र को मारना है। तो वह कहते थे कि यहाँ नहीं वहाँ ले जाओ, फिर उसके बाद उन्होंने कहा नहीं-नहीं, अभी नहीं मरेगा, वो वहाँ जा कर मरेगा। फिर उन्होंने कहा, देखो! उस पात्र को वहाँ पर ले जाकर भी मारना नहीं है, तो यह लगातार की कथा में एक पात्र, एक घटना, कहाँ पर रखने पर, क्या प्रभाव पड़ रहा है और उसको कितने संयम से रोककर पूरी तस्वीर को अपने दिमाग में रखकर जिस तरह से कथाकार रचना रचता है मेरा ख़्याल है कि यशपाल (हिन्दी या किसी भी अन्य भाषा का उपन्यासकार) कथा योजना में कथा या कथावस्तु के निर्वाह में यशपाल से तुलना में नहीं आता। इसमें मैं प्रेमचन्द, अज्ञेय वगैरह की दक्षता को मानता हूँ। ऐसी दक्षता बहुत कम उपन्यासकारों में

मिलती रही है।

मेरा ख़्याल है 15 मिनट का समय हो चुका होगा इसलिए और पहलुओं पर प्रश्नोत्तर के सभय हम लोग बात करेंगे।

सत्यानन्द निरुपम

संजीव जी, बात भाषा पर अभी-अभी होकर गुजरी है तो क्या हर्ज हो कि बातचीत का दरवाजा बाहर से ही खोला जाए।

संजीव

मुझे भगवान सिंह जी की बातें इतनी दुरुस्त लगीं कि उसमें अलग से सवाल बहुत अधिक नहीं बनता है। परन्तु मैं दो बातों की ओर आपका ध्यान दिलाना चाहता हूँ। एक तो यह कि कथानक गढ़ने का जो मुद्दा भगवान सिंह जी ने उठाया है उस पर मैं स्वतः विचार करता हूँ कि यह गजब का कौशल जो यशपाल में है वह सामान्य नहीं है। यह इसलिए कि देश-काल की छवि योजना, जिसे 'मैन्यूपुलेशन ऑफ टाइम एंड स्पेस' कहा जाता है, जो कि कैसे टाइम एंड स्पेस को फैला देता है और कभी सिकोड़ भी देता है इसकी जो जादूगरी है वह कथाकार का बुनियादी कौशल है। इसमें यह जादूगरी जितनी ज्यादा होगी वह उतना कुशल कथाकार माना जाएगा। आपको 'दिव्या' पढ़ते हुए यह महसूस होता है कि चीजें आगे बढ़ चुकी हैं, पृथुसेन पृथुसेन से नहीं दिव्या, दिव्या जो गर्भवती हो चुकी है, घर से जा चुकी है, दासी बन चुकी है और बौद्ध धर्म की शरणागत होने के लिए

प्रार्थी हो चुकी है। ये सारी चीजें आपके सामने घटित हो गयी हैं। फिर कहानी एक नये अध्याय की ओर जाती है और बतलाना शुरू करती है कि पृथुसेन का क्या हुआ, पीछे और कैसे वह सीरो से विवाह करके सेनापति बना और कैसे?

मुझे लगता है नैरेटर को लेकर हिन्दी में चिन्ता काफी कम की गयी है। हिन्दी की कोई अपनी 'नैरेटॉलजी' नहीं है...

दरअसल पृथुसेन का जीवन बाहर से तो सुखी है, लेकिन अन्दर से बहुत रिक्त है। तो यह एक पूरा 'मैन्यूपुलेशन' बहुत अद्‌भुत तरीके से बुना गया है।

दूसरी बात, जो भगवान सिंह जी ने भाषा के सम्बन्ध में कही और उन्होंने बहुत ईमानदारी से यह स्वीकार किया कि जो लेखक है वह एक खास तरह की भाषा में लिखता है, तो क्या जरूरी है कि उस भाषा में वही शब्द आएँ जो शब्द उस देश-काल में इस्तेमाल होते थे?

मुझे यशपाल को पढ़ते हुए यह सवाल लगातार दिमाग में आता रहा कि क्यूँ यशपाल को यह मजबूरी महसूस होती है कि नैरेटर भी उस भाषा में बोले, जिस काल की वो कथा मानी जाती होगी। आपको आश्चर्य होगा कि जिन लोगों ने 'दिव्या' पढ़ी है वे पढ़ते हुए पाएँगे कि उपन्यास के पहले पृष्ठ पर सबसे ऊपर लिखा हुआ है – दिव्या, 'बौद्धकालीन उपन्यास'। यानी यह उपन्यास लिखा नहीं गया है बल्कि इसकी खोज हुई है, कथा की जो कल्पना की गयी है वह बौद्ध काल की हो सकती है परन्तु उपन्यास यदि आधुनिक है तो बौद्धकालीन कैसे हो सकता है?

मुझे लगता है नैरेटर को लेकर हिन्दी में चिन्ता काफी कम की गयी है। हिन्दी की कोई अपनी 'नैरेटॉलजी' नहीं है, जो नैरेटर है वह कहाँ खड़ा है, आप पाएँगे कि भाषा की जो दुनिया है उसके चलते ही हिन्दी का ऐतिहासिक उपन्यासकार यह समझ लेता है कि अगर वह बहुत पीछे की कहानी कह रहा है तो उसे संस्कृतनिष्ठ भाषा रखनी होगी, अगर वो मुग़लकाल की कहानी कह रहा है तो उसे अरबी और पर्सियन के प्रभाववाली भाषा कहनी होगी।

वस्तुतः कथाकार यह मानकर नहीं चलता कि आप पात्रों से संस्कृतनिष्ठ भाषा बुलवा लें, लेकिन वाचक स्वतन्त्र है। वह अपने समय की भाषा लिखने के लिए और पात्रों की भाषा में भी यशपाल या दूसरा कोई ऐतिहासिक उपन्यासकार क्या करता है वो संस्कृत के उन रचनाकारों के नियम का भी कभी पालन नहीं करता जो स्त्रियों और भृत्यों से प्राकृत बुलवाते थे, कथाकार जब हिन्दी लिखना शुरू करता है तो सभी पात्रों से समान रूप से तत्सम प्रधान हिन्दी बुलवाता है। संस्कृत पाठ में भी आप देखेंगे तो पाएँगे कि वहाँ पात्र प्राकृत में बोल रहे हैं। भृत्य और स्त्रियाँ जो कि सबसे गये गुजरे हैं उस समाज में, सबसे अधिक पिटे-पिटाये हैं, वो इस भाषा को बोलते हैं।

यशपाल लिखते हैं: "कहानी का भाषा-प्रयोग प्रसंग के अनुकूल और पात्र के भी अनुकूल होना चाहिए। उदाहरणतः मन्दिर के पुजारी की भाषा और अभिव्यक्ति, बोलचाल में उसके मुहावरे एक प्रकार के होंगे, वह विशेष प्रकार की उपमाओं का प्रयोग करेगा और एक लोहार की अभिव्यक्ति की शैली दूसरी ही प्रकार की होगी वह दूसरी ही उपमाओं का प्रयोग करेगा।"

'दिव्या' में यह नहीं दिखा।

सार्थवाहक बलभद्र भी वही भाषा बोलता है जो आचार्य विष्णु शर्मा और अन्य बोलते हैं। संयोग से मेरे पास जो प्रति है वह 1945 की छपी हुई है, वह पहला संस्करण 3.50 रुपये का है और शायद यह पुस्तक काफी महँगी रही होगी। तो उसमें भी प्रूफ की जो गलतियाँ है, भगवान सिंह जी बतला रहे थे बहुत सारी हैं। उनके उदाहरण छोड़ देता हूँ, क्योंकि उदाहरण पर्याप्त आ चुके हैं। उस भाषा का निर्वाह करने में यशपाल को कितनी दिक्कत आती है उसके दो उदाहरण आपके सामने रखूँगा। कई जगह आप महसूस करेंगे मतलब अद्‌भुत अभिव्यक्तियाँ भी हैं, कुछ जगह गजब की अभिव्यक्तियाँ हैं, एक जगह किसी प्रसंग में यशपाल ने लिखा है कि वो प्रेस्थ की दक्षिण भुजा के समान था, मतलब दाहिने हाथ की तरह था। ये क्या है? मुझे लगता है, अंग्रेजी का राइट हैंड हिन्दी में दाहिना हाथ हुआ और यहाँ से उसका संस्कृत निकाला गया दक्षिण भुजा, संस्कृत में शायद दक्षिण भुजा अपने आप में कोई मुहावरा नहीं रहा होगा, मुझे ऐसा लगता है।

इसी तरह एक जगह है कि विष्णु शर्मा, आवेश में दीर्घ पदों से अन्तःकुल की ओर चले गये। 'दीर्घ पदों से अन्तःकुल की ओर' से कोई बिम्ब नहीं बनता हमारे मन में। मतलब लम्बे कदमों से चले गये, लम्बे डग भरते हुए चले गये ऐसा कहने पर तो चित्र बनता लेकिन दीर्घ पदों से गये तो मुझे तो लगा कि कोई पद था, कोई कुर्सी थी जो बहुत बड़ी थी और उस पर से गये। 'घटाटोप मेघों' – इस तरह के भी प्रयोग आये हैं। मतलब उसमें घटा भी है और मेघ भी है। दोनों कैसे हो

सकते हैं। लेकिन जो सवाल इससे मैं निकालना चाहता हूँ, एक तो यह कि ऐतिहासिक उपन्यासों में लगातार यह दुविधा रही है और दुविधा शायद इसलिए रही है कि नैरेटर कहाँ है और कैसा है – इसको लेकर स्पष्टता नहीं है। और खुद यशपाल के यहाँ नैरेटर की जो समस्या है वो आपको वैचारिक स्तर पर भी दिखलायी पड़ेगी अगर आप इस उपन्यास में देखें तो बहुत ज्यादा तो नहीं, लेकिन कुछ जगहें ऐसी जरूर मिलेंगी जहाँ इस तीसरे पर्सन यानी नैरेटर (जो सर्वज्ञ सर्वव्यापी वाचक) है उसकी भाषा तथ्य की नहीं, राय की भाषा लगती है। मेरे सामने दो उदाहरण हैं, लेकिन मैं उनको खोलूँगा नहीं, वह शायद थोड़ा लम्बा वक्त ले लेगा पर आप पाएँगे कि नैरेटर, जिसको हम यह कह सकते हैं जनार जनेट की शब्दावली में थी वह 'जीरो फोकलाइजेशन' वाला नैरेशन कर रहा है। वह नैरेटर कहता है – "वर्णाश्रम धर्म के परम पराभव से हिमकुलों के उच्छृंखल हो जाने से ऐसा हुआ तो वर्णाश्रम को माननेवालों का निरुत्साहित होना और हिमकुलवालों का उच्छृंखल होना।" यह 'उच्छृंखल' शब्द कौन इस्तेमाल कर रहा है। अगर यह किसी संवाद में आ रहा है तब तो एक व्यक्ति की राय है और वहाँ फोकलाइजेशन बहुत स्पष्ट है, किसकी चेतना के झरोखे से छन कर हमारे तक आ रही है वो बहुत स्पष्ट है लेकिन जहाँ जीरो फोकलाइजेशन है वहाँ आपने उच्छृंखल क्यों कहा? आपने 'उत्साह' क्यों नहीं कहा? अगर वर्णाश्रम के समर्थकों का निरुत्साह था हिमकुल जिन्हें तथाकथित हिमकुल कह सकते थे उनकी उच्छृंखलता नहीं थी उनका उत्साह कह सकते थे तो यह दुविधा इस उपन्यास में अकसर दिखलायी पड़ेगी जो कि नैरेटर के पोजीशन को लेकर है।

• पुनर्पाठ •

वैभव

बहुत-बहुत शुक्रिया निरुपम जी! उपन्यास के बारे में पर्याप्त विमर्श हो चुका है। मैं चाहता हूँ कि बहुत संक्षेप में दो-चार मिनट में अपनी बातें कह दूँ, उपन्यास के प्रति मेरा व्यक्तिगत अनुभव है कि उपन्यास काफी आस्वाद्य है। सबसे पहले इस उपन्यास का स्वादन करना चाहिए।

इस अर्थ में मुझे लगता है कि भाषा कहीं उपन्यास में बाधक नहीं है। भाषा, अगर आप कहना चाहते हैं कि आपकी कथा संरचना में शक्ति है, ताकत है, तो कई बार भाषा कथानक में बाधक नहीं बनती है। कई बार अच्छे से अच्छा उपन्यास जो बहुत सरल भाषा में लिखा गया है अगर उसकी कथा संरचना कमजोर है तो वह उपन्यास भी असफल हो जाता है। इसलिए मैं भाषा के मुद्दे पर कह रहा हूँ। यह उपन्यास मूलतः राजमहल की राजनीति है – 'पैलेस पॉलिटिक्स' पर तीखा प्रहार करने वाला उपन्यास है।

आप इस पूरे उपन्यास की कथा संरचना को देख लीजिए! कहीं पृष्ठभूमि में राजमहल है! रुद्रधीर है, उसको राजमहल की सत्ता चाहिए। पृथुसेन है, वह अपने राजमहल अपनी राजगद्दी को बचाना चाह रहा है। केन्द्रस है कोई एक पात्र, एक कल्पित आक्रमणकारी है, जो गद्दी को हासिल करना चाह रहा है, तो 'पैलेस पॉलिटिक्स' क्या है? मुझे लगता है इस पर यह उपन्यास तीखा प्रहार करता है और अगर कोई प्रासंगिकता बनेगी, इस उपन्यास की, तो मुझे लगता है इस मुद्दे पर बनेगी क्योंकि आज का समय भी देखिए बहुत कुछ लोकतन्त्र में हो रहा है। जनता उससे बाहर है। आन्दोलन हो

> यह उपन्यास मूलतः राजमहल की राजनीति है – 'पैलेस पॉलिटिक्स' पर तीखा प्रहार करने वाला उपन्यास है...

रहे हैं और लोग समझ नहीं पा रहे हैं कि यह कौन सा पतनशील दौर है! सत्ता में जमे लोग अपने छोटे-छोटे स्वार्थों के लिए, संकीर्णता के लिए लड़ रहे हैं, आपस में। बहुत सारे और आसन्न संकट हैं, उनके ऊपर बहुत सारे खतरे मँडरा रहे हैं लेकिन अपने छोटे स्वार्थों के लिए वो राजगद्दी के लिए राजमहल की सीमाओं में कैद हैं, उससे बाहर उनकी सोच और चिन्तन जा ही नहीं पा रहा।

मुझे लगता है कि हमें इस पर ध्यान देना चाहिए और यशपाल इसी मुद्दे को लेकर इतिहास में भी गये हैं। यशपाल से कई बार यह सवाल पूछा भी गया था कि आप पीछे क्यों गये हैं? आपको क्या आवश्यकता थी? 'झूठा-सच' में तो इसकी जरूरत नहीं पड़ी थी। क्या आप इतिहास के माध्यम से धार्मिक संकट समाज के विखण्डन इत्यादि की तस्वीर पेश करते हैं? यशपाल ने मधुरेश को लिखे एक पत्र में कहा था कि मेरे ऊपर बड़े आरोप लगते रहे हैं कि मैं नग्नतावाद का प्रचारक हूँ। बहुत अश्लीलता फैलाता हूँ। अपने विचारों के पक्ष में एक तरह का प्रचारवाद खड़ा करता हूँ। लेकिन जब मैं इतिहास की पृष्ठभूमि के आधार पर कुछ लिखता हूँ, जब मेरे कथानक में, कथावस्तु में इतिहास आ जाता है, तब यह आरोप मेरे ऊपर नहीं लगता है। तब आलोचकों की भाषा भी मेरे प्रति सभ्य और संयत हो जाती है। तो इतिहास उनके लिए टूल है, औजार है और एक तरह का उनका कवच है अपनी बात कहने के लिए। इस कवच का इस्तेमाल करते हैं यशपाल।

निरुपम

भगवान सिंह जी, वैभव कह रहे हैं कि 'पैलेस पॉलिटिक्स' का जो मुद्दा है वो 'दिव्या' की नयी प्रासंगिकता है एक तरह से, वैभव अपनी तरह से देख रहे हैं।

भगवान सिंह

सामन्तवादी गणराज्य के बारे में उन्होंने बताया है कि गणराज्य वह होते थे जिसमें कोई भी व्यक्ति राजा नहीं होता था और पूरी बिरादरी का महत्त्व था। पूरी कम्युनिटी के लिए एक ही शब्द प्रयोग में आता है। तो उसमें जैसे शाक्यों का था। कठों का उन्होंने उल्लेख किया है कि कठों में कोई छोटा-बड़ा नहीं है और गणतन्त्र वह अवस्था है जिसमें कि एक लीडर होता है और फिर वह गण परिषद होती है, उसके निर्णय होते हैं, उनके अनुसार सारे फैसले होते हैं। इसको उन्होंने एक विचित्र सी स्थिति में रखा हुआ है और उसके लिए उन्होंने जस्टिफिकेशन तैयार किया है कि जो मिलिन्द था यानि मिनान्डर था, उसका कोई उत्तराधिकारी नहीं रह गया था। इसलिए यह व्यवस्था, सामन्ती व्यवस्था कायम की गयी और उसमें तमाम सारे अभिजात लोग हैं जिनमें से कि 'गणपति' शब्द इस्तेमाल किया गया है। 'गणपति' बहुत पुराना शब्द है। जब गणों में व्यवस्था हुआ करती थी, गण समाज हुआ करता था। गणपति केवल युद्ध के अवसर पर नेतृत्व किया करता या मान्य होता था। लेकिन अन्यथा सभी लोग पूरी तरह से स्वतन्त्र हुआ करते थे। तो यह प्रश्न जहाँ से शुरू होता है वहाँ यह है कि पुरानी रूढ़ियाँ, पुरानी मर्यादाएँ जो पहले से कायम थीं, थोड़ी देर के

लिए, एक यवन आक्रमण होता है और उसमें बहुत उथल-पुथल होती है, उसी में बौद्ध धर्म आता है और राजा उसको अपनाता है। उस बौद्ध धर्म की वजह से ही पुरानी वर्णव्यवस्था के जो मूल्य हैं, मँडराने लगते हैं। बल्कि थोड़े दिन के लिए वह व्यवस्था क्षीण हो जाती है और जो पुरानी वर्ण व्यवस्था से लाभान्वित लोग रहते हैं वह उसको पुनःस्थापित करने के लिए व्यग्र रहते हैं। यहाँ से समस्या शुरू होती है और इन दोनों के टकराव से सारा का सारा द्वन्द्व पैदा होता है। इसको द्वन्द्व अगर हम कहें तो अधिकांश तो उसके व्यक्तिगत सुयोग से होता है, शान से होता है जिसमें पृथुसेन एक खास तरह की स्थिति में है। केन्द्रस के आक्रमण की वजह से, उसको मौका मिलता है शौर्य दिखाने का, फिर उसके बाद वह विजेता बनता है। वह विजेता बनकर आता है। दिव्या से उसका गहरा सम्बन्ध है। अन्ततः दिव्या सोचती है कि वह विवाह कर लेगा। लेकिन युद्ध में पृथुसेन घायल हो जाता है। वह तीन-चार महीने तक इलाज कराता है। तब तक दिव्या का गर्भ प्रकट हो जाता है। मैंने कहा कि यशपाल धीरे-धीरे कहानी को लेकर चलते हैं।

कुल मिलाकर आपकी दृष्टि में इस उपन्यास की प्रासंगिकता भविष्य के लिए क्या है?

भविष्य के लिए नहीं देखिये! रचना जो है जिन प्रश्नों को ले करके यानी केन्द्र बना करके अपनी बात करती है वो प्रश्न हम ऋग्वेद के जमाने की सूक्तियों को लेकर आज दुहराते हैं और आज की बातों को कल दुहराएँगे, एक देश की बात दूसरे देश में देश और काल दोनों को अतिक्रान्त करती है तो उस अतिक्रान्त करने में कौन-सी चीजें कल को कम्युनिकेट होंगी या किन चीजों की अति की तरफ ध्यान जाएगा अगले

जनरेशन का – यह हम नहीं कह सकते। लेकिन अतिशय स्वतन्त्रता क्या नारी को सुरक्षा देती है, जो इस समय बहुत वोकल ढंग से बात की जाने लगी है। और कोई भी व्यक्तिगत सम्बन्ध पूरी सुरक्षा के लिए जरूरी है? और सच बात यह है कि जिस तरह से इसमें कुछ चीजों को हम राजनीतिक तूल देते हैं, कुछ चीजें मनुष्य के स्वभाव में हैं और कुछ चीजों को लेखक गढ़ता है अपने ढंग से। जैसे बड़ी बेतुकी-सी बात है, दिव्या कहती है कि जैसे एक गजराज के साथ बहुत सारी हथिनियाँ होती हैं, एक वृक्ष की छाया में बहुत सारे पशु विश्राम करते हैं, उसी तरह से मैं पृथुसेन की एक रखैल बनकर रह लूँगी। ऐसा कभी कोई स्त्री नहीं चाहती लाचारी में ऐसा होता है। कोई भी स्त्री नहीं चाहती कि कोई बड़ा से बड़ा सम्राट भी हो तो, उसकी रखैल बनकर उस घर में जाए। पिता-माता और दूसरे लोग इस स्थिति में उसको डाल देते हैं और उसका भोग उसको भोगना पड़ता है। उसकी 'रिस्पॉन्सिबिलिटी' लेनी पड़ती है तो यह उसका चुनाव नहीं हो सकता। उसके मुँह से यह बात निकलनी भी नहीं चाहिए, लेकिन अगले ही पन्ने पर उसके गर्भ की स्थिति दिखा देते हैं। सम्भवतः उस गर्भ की लाचारी में वह अपनी लाचारी व्यक्त करते हुए कह रही है कि इस तरह से भी मैं गुजारा कर लूँगी। पहले वो आघात देते हैं। आगे यह बात आती है।

खैर, 'स्त्री स्वतन्त्र है। वेश्या होकर के ही' यह बड़ा क्वालिफाइड वाक्य है। देखिये, जहाँ बौद्ध मठ का भिक्षु कहता है कि पहले तो संघ में कोई भी आ सकता था लेकिन दृष्टिवादी लोगों ने यह आपत्ति की कि भई हमारे जिन दासों पर कर्ज है, वे संघ में नहीं रह सकते। तो बुद्ध ने उस टकराव

को टाल दिया और फिर उसके बाद बंदिश लग गयी कि वे अपने स्वामी की स्वीकृति से ही संघ में आ सकते हैं। स्त्रियाँ अनुमति लेकर आ रही हैं, किसी भिक्षु संघ में ऐसा नहीं दिखाई देता। आ रही हैं, तो आ रही हैं।

अच्छा, इसमें स्त्री के लिए जगह नहीं है, यह भी गलत है। भिक्षु-भिक्षुणियाँ तो रहते ही रहे हैं मठों में, पेंटिंग में, ड्रामा में। संगीत में बहुत बड़ा योगदान है बौद्ध धर्म का। तो बौद्ध धर्म में कला-वला के प्रति बहुत ही मिथ्यावादी और प्योरिस्ट 'एटिट्यूड' नहीं रहा है जैसा इस्लाम वगैरह में रहा है।

तो अभय कुमार दुबे जी से एक सवाल हम लोग करेंगे और उसके बाद फिर संजीव जी के पास जाएँगे। आप एक सवाल करना चाह रहे थे!

प्रश्नोत्तर

अभय कुमार दुबे

मैं भगवान सिंह जी का कुछ लाभ उठाना चाहता हूँ और इस उपन्यास का एक जो वैचारिक प्रसंग है उसकी तरफ ध्यान आकर्षित करूँगा। जैसा कि अपने वक्तव्य में मैंने कहा था कि भारत में मार्क्सवादियों ने हमेशा कोशिश की कि मार्क्सवाद के कुछ भारतीय आधारों की खोज की जाए अगर यूरोप के पास फायरबाख का भौतिकवाद था तो हमारे पास चार्वाकों का भौतिकवाद है और उसके लिए बाद में यशपाल ने जो चार्वाक को लोकायतों का प्रतिनिधि बनाकर पेश किया और उसके जरिये अपने विचार रखे। फिर देवी प्रसाद चट्टोपाध्याय 'लोकायत' लेकर आये जिसका हिन्दी अनुवाद हमें पता है कि, किस तरह

आपकी कृपा से हम लोगों के सामने आया। तो मैं आपसे जानना चाहता हूँ कि आप इसके ऊपर प्रकाश डालें। मेरा अनुरोध है कि 'लोकायत' का दर्शन उसका मार्क्सवाद में, भौतिकवाद में और यूरोपीय भौतिकवाद में किस तरह अनुवाद होता है, इसकी लगातार एक मार्क्सवादी सांस्कृतिक, वैचारिक राजनीति, हम लोगों के बीच में चलती रही है और पहले तो 'दिव्या' को इस दृष्टि से कभी नहीं देखा था। मैं केवल देवी प्रसाद चट्टोपाध्याय के ढंग से ही 'लोकायत' को जानता था लेकिन अब पता चला कि उसकी भी पूर्व पीठिका जो है यशपाल ने तैयार की थी।

भगवान सिंह

देखिये, जो चार्वाक दर्शन है, वो भोगवादी दर्शन है। उसमें मूल्यों की विशेष चिन्ता नहीं है। जहाँ कहा जा रहा है कि 'ऋणं कृत्वा घृतम् पिवेत्'। खैर, चार्वाक दर्शन की आलोचना में सवर्णों ने उसके खिलाफ यह कहा, लेकिन यह दर्शन वैसा ही लगता है जैसे कि वह बौद्ध ग्रन्थों में से आया है। (नाम भूल रहा हूँ) बुद्ध के समय का ही एक दार्शनिक है जो कहता है कि मृत्यु के साथ अन्त हो जाता है, मरने के साथ, इसलिए नैतिकता का कोई महत्त्व नहीं है चाहे लाशों के ढेर लगा दो और जितनी भी हत्याएँ करना है कर दो, किसी चीज से पाप नहीं लगता और कोई पुण्य वगैरह जैसी चीज नहीं होती, क्योंकि पुनर्जन्म जैसी कोई चीज नहीं होती।

यह एक भयंकर त्रासदी थी। उसके बाद की घटनाएँ हैं और उसका लम्बा असर पड़ा है। एक अकाल पड़ा था, कई शताब्दी का अकाल पड़ा था जिसका बहुत बढ़िया वर्णन 'महाभारत' में

है – 'इतस्ततः पलायन्ते हाहाकार जनाकुला...खादन्तपूच परस्परम।' अर्थात आदमी आदमी को खाने के लिए दौड़ रहा है। यानी भयंकर स्थिति थी और उसका जियोलॉजिकल प्रूफ है, आर्कियोलॉजिकल प्रूफ है। उसमें पूरा राजस्थान रेगिस्तान बन गया था।

इस तरह उस अकाल का भारतीय समाज पर बहुत गहरा असर पड़ा। यानी किसी तरह से जिन्दा रहना उचित है, और उससे ही पैदा हुआ है चार्वाक दर्शन। उसी से उसका दूसरा एक्सट्रीम पैदा हुआ जो उपनिषद का दर्शन है – जीवन क्या है? इसकी सार्थकता क्या है? मरने के बाद क्या होता है? सच्चा ज्ञान क्या है जैसे सवाल ऋग्वेद में नहीं आते। वहाँ एक छोटा-सा अंश है जिसमें एक आनन्द लोक की बात की गयी है अन्यथा जीवन की व्यर्थता वहाँ नहीं है। जीवन के भोगवादी पक्ष पर बहुत ज्यादा बल है ऋग्वेद में, लेकिन एक-एक अनुभव के बाद, त्रासदी के बाद पूरा चिन्तन बदल जाता है। उसके बाद यज्ञ-योग का भी विरोध शुरू हो जाता है कि इतना यज्ञ होता रहा और उसके बाद भी बरसात नहीं हुई विदेय माधव माता की पूरी कहानी उसी पर निर्भर है। वह सरस्वती के तट पर यज्ञ करते जा रहे हैं और उसके बाद भी अग्निवैश्वानर का प्रकोप उग्र हो जाता है और उन्हें देश छोड़कर पलायन करना पड़ता है। लोग चारों तरफ फैले थे, उत्तर में गये, दक्षिण में समुद्र तट की ओर गये, पूर्व की तरफ गये। वह जो त्रासदी थी उसका प्रभाव बहुत गहरा है हमारे भारतीय चिन्तन पर है। इसके तीन तरह के परिणाम हुए हैं – एक जीवन दुख है और इस दुख से मुक्ति, जो बौद्ध दर्शन में आया। और दूसरी तरफ चार्वाक दर्शन। और तीसरा उपनिषदों का दर्शन। ये तीनों उसी अनुभव

की तीन तरह की शाखाएँ हैं जिसके बाद पूरे भारतीय चिन्तन का चरित्र बदल गया।

लोग कहते हैं कि भारत अध्यात्मवादी है। उससे पहले कहा जाता था कि भारत अध्यात्मवादी नहीं है। यानी ऋग्वेद के समय तक अध्यात्मवादी नहीं है और उसके बाद उपनिषदों के बाद से पूरा अध्यात्मवादी हो जाता है, पूरा अन्तर्मुखी। उस ऐतिहासिक घटना की वजह से ये सारे के सारे विचार उत्पन्न हुए हैं।

(संजीव जी, आपको अपनी बात दूसरे राउंड में रखनी भी है और साथ में मैं यह भी चाहूँगा कि अभय कुमार दुबे जी ने कहा कि 'दिव्या' को समान वैज्ञानिक दृष्टि से पढ़ा जाए तभी उसकी एक प्रासंगिकता बनती है। स्वतन्त्रता का जो मुद्दा है 'दिव्या' में वह भी प्रासंगिक है। भगवान सिंह जी ने भी स्वतन्त्रता के मुद्दे को प्रासंगिक माना और वैभव जी ने 'पैलेस पॉलिटिक्स' की प्रासंगिकता को हमारे सामने रखा। तो आप भी इस सवाल पर अपनी तरफ से कुछ कहें।)

• संजीव कुमार

जब आपने सवाल के लिए कहा था तब मेरे पास बातें थीं और जब आपने बातों के लिए कहा है तो सवाल है। अभी जब अभय कुमार दुबे जी कह रहे थे कि यशपाल से पूछा गया कि इतिहास की तरफ क्यों गये तो कहा गया कि वहाँ जाने पर ज्यादा सुरक्षित रहता हूँ कि वो मार्क्सवाद का आरोप कम लगता है, हालाँकि 'दिव्या' के साथ ऐसा नहीं है कि वो इस आरोप से बचे रहे और मुझको बच्चन सिंह की एक पंक्ति याद आती है। हिन्दी साहित्य के इतिहास पर उनकी एक पुस्तक

है, जिसमें उन्होंने कहा है कि 'दिव्या' अतीत को लेकर कही गयी कथा है। आप देखेंगे कि इस उपन्यास में तीन विचारधारात्मक अवस्थितियाँ लगातार एक-दूसरे के आमने-सामने हैं और इन तीनों विचारधारात्मक अवस्थितियों को काफी ईमानदारी के साथ वाचक हमारे सामने रख पाता है। यानी कहीं भी कोई विचारधारात्मक अवस्थितियों को जिनको पराजित करना है उपन्यास के अन्त में या जिसके बारे में लेखक चाहता है कि वो पराजित हो जाए उसको कमजोर तरीके से रखने की कोशिश नहीं है।

मतलब एक सही संवादात्मक विधा के तौर पर जैसे यशपाल हैंडल कर पा रहे हैं और इसीलिए आप पाएँगे कि जब पृथुसेन बौद्ध बनता है और उसमें एक लम्बा संवाद है चीवर, चीवर नाम के जो स्थविर हैं उनके साथ लम्बा संवाद है जो बहुत कन्विंसिंग है। आपको पढ़ते हुए यह महसूस होता है कि इस संवाद के बाद तो शायद सचमुच पृथुसेन को बौद्ध बन ही जाना चाहिए और जब आचार्य रुद्रधीर के महल में वर्णाश्रम धर्म के पतन पर चिन्ता प्रकट की जाती है तो आप पाते हैं कि उनके आपस का वो संवाद भी अपने तर्क के फ्रेम में बहुत दुरुस्त तरीके से आ रहा है। यानी लेखक कहीं अपनी ओर से यह कोशिश नहीं कर रहा है कि अपने तर्क को पहले से ही कमजोर बना लिया जाए। थोड़ा मारिश लाउड है पूरे उपन्यास में और इसका कारण शायद यह है कि वह कहीं भी घटनाओं के बीच शामिल नहीं है। वह हमेशा एक चिपकाये हुए पात्र की तरह है या आप कह सकते हैं कि नाटक में जैसे कोई बीच मंच पर आकर एक तरह की टिप्पणी करता हुआ गुजर जाए, उस तरह के पात्र की तरह मारिश आता है। और यह भी ध्यान

रखना होगा कि तमाम ऑइडियोलॉजिकल पोजीशन्स में, जो उपन्यास में आ रही हैं उनमें शायद सबसे कम स्वीकार्य स्थिति में मारिश ही है। उस समय भीतर इसीलिए उसको लाउड होना पड़ता है। मतलब, आज के समय में जिसकी बात सबसे कम सुनी जाएगी, सबसे अधिक चिल्लाकर वह अपनी बात कहेगा। इसलिए भी उपन्यास में वह अपनी बात सबसे अधिक चिल्लाकर कह रहा है तो यह चीज यशपाल सम्भाल पाते हैं। इसलिए मुझे लगता है कि यशपाल का मार्क्सवाद, उनके उपन्यास लेखन पर उस तरह से हावी नहीं होता है। क्या इसके बाद भी यह माना जा सकता है कि इतिहास को देखने की एक मार्क्सवादी दृष्टि जो संवादों के स्तर पर नहीं हो, लेकिन कथानक बुनने के स्तर पर हो, वह इस उपन्यास में दिख रही है?

क्या कहीं उत्पादन सम्बन्धों के साथ चीजों के बदलने की जो स्कीम है उस स्कीम में यशपाल देख पा रहे हैं घटनाओं को? क्या वो स्त्री की पराधीनता को सामाजिक उत्पादन से कटे होने के परिणाम के रूप में दिखला पा रहे हैं और क्या वह दिखला पा रहे हैं कि वह पराधीनता तभी दूर होगी जब वह वापस सामाजिक उत्पादन में संलग्न हों? मैं यह जानना चाहता हूँ, भगवान सिंह जी से।

(संचालक (निरुपम)– *एक मिनट! भगवान सिंह जी से सवाल शायद आपका भी है इसलिए वह सवाल भी साथ में ले लेते हैं। संक्षेप में सवाल चाहिए टिप्पणी नहीं और आप अपना नाम कृपया जरूर बताएँ।)*

मारिश को जो बता रहे थे कि जैसा कि हम सभी लोग चिन्ता

कर रहे थे एक भाषा के लिए तो यह है कि हमें देशकाल की परिस्थिति भी देखनी पड़ती है उसके अनुरूप होती है ये बात तो इसीलिए यशपाल ने इस भाषा को लिया है। फिर लेखक का जो अपना संस्कार है, शिक्षा है, क्या वो भाषा का निर्माण नहीं करती? हमें यह नहीं भूलना चाहिए कि यशपाल जो हैं वो गुरुकुल विश्वविद्यालय में पढ़े हैं, जो वैदिक शिक्षा की बहुत बड़ी जगह है, इसलिए उनकी भाषा में अगर संस्कृतनिष्ठता है तो इसको भी हमें ध्यान में रखना चाहिए, क्या नहीं रखना चाहिए?

दूसरा, मैं दुबे जी से प्रश्न कर रहा था कि वह कह रहे हैं कि यह जो मारिश है इस पर देकार्त का प्रभाव है। इस प्रश्न का चित्र प्रतिरोध करता है उनका ही प्रभाव है और जो आप बौद्ध काल के दार्शनिकों की बात कर रहे हैं, वो पूरनकश्यप हैं, आजीवक हैं, अजीत केशकाम्बली हैं – तीन जो दार्शनिक हैं वे बुद्ध के समकालीन हैं और उनमें से आजीवक जो है नियतिवादी है, नितान्त भाग्यवादी है जबकि बुद्ध जो हैं नियतिवादी नहीं हैं, वह कर्मवादी हैं।

इस लिहाज से भी जहाँ यह बात की जाती है कि जनता को तो जनता ही रहना है। लोहार कहता है कि मैंने तो उसके लिए भी तलवारें बनाईं इसके लिए भी बनाईं, केन्द्रस आएगा तो उसके लिए भी बनाऊँगा। यहाँ एक बात और कहना चाहता हूँ कि मेरी भी इतिहास में रुचि है। भगवान सिंह जी की तरह के जो केन्द्रस पात्र हम कर रहे हैं वह काल्पनिक पात्र नहीं है वे ये कणफसिस है, बिंग कणफसिस, कुशाण जो चीनी, तुर्किस्तान है उधर से वैक्ट्रीया से होते हुए अफगानिस्तान

के रास्ते भारत आये थे उन्होंने ही ग्रीकों को और शकों को अन्दर की तरफ धकेला था। शकों को गुजरात की तरफ और और ग्रीकों को इधर धकेला था और ग्रीक कला, गांधार कला का मूर्ति कला का विकास हुआ था तो विंग कणफसीस है उन्होंने सबसे पहले सोने के सिक्के चलाये थे। उसी को इसमें केन्द्रस कहा गया जो काल्पनिक पात्र नहीं है। तो मेरी यह समझ थी।

*(**सवाल** – वैभवजी, क्या सवाल का जवाब देना है कि क्या भगवान सिंह से सवाल है तो कर लें ताकि भगवान सिंह जी एक ही बार अपनी बात रखें और नहीं तो भगवान सिंह जी अपनी बात रखेंगे और फिर आप अपनी बात रखेंगे।)*

बहुत छोटा-सा संक्षेप में प्रश्न है कि इसमें दिव्या जो है उपन्यास में वह एक बहुत प्रतिभाशाली नर्तकी है बहुत ही एक उच्च कुल, एक उच्च जाति में पैदा हुई स्त्री है और उसके माध्यम से ये पूरी स्त्री जाति की विडम्बना सामने आती है स्त्री जाति की स्वाधीनता का मुद्दा सामने आया है। विशुद्ध रूप से ये यशपाल की ताकत है और इस उपन्यास की भी कि उच्च जाति तथा महान प्रतिभा सम्पन्न स्त्रियों के अलावा भी दासियों, सेविकाओं व कामगार स्त्रियों का बड़ा वर्ग समाज में मौजूद है।

क्या उनके कोई सवाल, उनकी मुक्ति के सन्देश, तथा उनकी किसी लड़ाई के बारे में इस उपन्यास की कथा संरचना के भीतर से कुछ सन्देश निकलता है? उसके बारे में?

भगवान सिंह

एक अभी सवाल उठ रहा था कि दिव्या मारिश के पास सुरक्षा के लिए जाती है। मेरी राय है कि वो सुरक्षा के लिए नहीं जाती बल्कि समानता की चाह में जाती है क्योंकि उसको समान स्तर पर बहस करने का मौका मिलता है इसीलिए वह उसके पास जाती है। वह ना सामन्त को चुनती है, न बौद्ध दार्शनिक को। दूसरा मेरा कहना था बौद्ध मठों में और राजकुमारियाँ भी होती थीं और नाई-धोबी की बेटियाँ भी होती थीं। ये सब होती थीं, यह फैक्चुअल होती थीं उन पर बंदिश नहीं थी ये ठीक बात है कि दासियों पर रोक लगा दी, कि उनके स्वामी की स्वीकृति ले कर उन्हें संघ में लिया जाए उस दौर में यह प्रथा थी। लेकिन स्त्रियाँ आती रहीं और बड़ी संख्या में आती रहीं।

तो यशपाल ने जो दिव्या का चरित्र दिखाया है उसमें यह प्रश्न भी आ जाता है यह मेरी राय है। आज का प्रश्न यह है।

(भगवान सिंह जी, आप कृपया संजीव और वैभव के सवाल का जवाब देंगे, फिर हम बात आगे बढ़ाएँगे...)

देखिये एक-एक सवाल का उत्तर देने चलते हैं, तो आधा सवाल भूल जाते हैं। एक साथ काफी सवाल हो गये हैं, जैसे अभय जी ने जो प्रश्न किया था उसका आधा ही जवाब दे पाया। मैंने कहा कि चार्वाकों का बहुत ज्यादा ही मुझ पर आरोप लगता रहा है कि मैंने मार्क्सवाद को अपनी रचना में लाद दिया है। देखिए, मार्क्सवाद ऐसी ख़राब चीज नहीं है कि उसको लादा जाए। मार्क्सवाद के जो पक्ष हैं, जिनकी वजह से वह आकर्षण का केन्द्र है, निर्वाह न करने की वजह से, मार्क्सवाद का असली रूप बेकार चला गया। खैर, मार्क्सवाद को

रचना पर लादने का मतलब है कि अपनी रचना में उस बात को कहने के औचित्य का निर्वाह नहीं कर सका। बुद्ध ने एक बड़ी अच्छी बात कही थी जो कला पर भी लागू होती है और विज्ञान पर भी। यानी हर चीज पर लागू होती है। वह कसौटी है कि इसके होने पर यह होता है – 'इमास्मिं सति इदं होति'। यानी कुछ चीजें हैं प्रीकंडीशंस हैं कि एक चीज के बिना दूसरी चीज नहीं हो सकती। यह क्रिएटिव जस्टीफिकेशन है जिसको हम कलात्मक औचित्य कहते हैं या पोजिटिव जस्टिस सम्भवतः ऑब्जेक्टिव कोरिलेटिव भी। कहते हैं कि हेमलेट को शेक्सपियर निभा नहीं सका, उस ऊँचाई पर नहीं पहुँचा जहाँ जिस तरह का आचरण कर रहा है। वह जस्टीफाई हो सकता। तो रचना अपने लिए वो अगर गुंजाइश पैदा कर लेती है तो चाहे उसमें कोई भी विचार आता है वह लादा हुआ नहीं रह जाएगा और अगर उसकी गुंजाइश नहीं पैदा की, तो वह लादा हुआ लगेगा।

चाहे मार्क्सवाद हो चाहे कोई भी विचार हो। इसमें मारिश के माध्यम से जो तर्क हैं, जो विचार हैं, आधे तो बौद्ध धर्म के हैं। जैसे जीवन जो है एक प्रवाह है और चलता चला जा रहा है और उसमें अच्छी चीजें भी आती हैं, बुरी भी। इसी तरह से जीवन का अन्त तो है, पर अन्त होते हुए भी जीवन का एक सातत्य है और मृत्यु के साथ ही शरीर नष्ट हो जाता है। आत्मा वगैरह जैसी कोई चीज नहीं है, जीवात्मा वगैरह भ्रम है, तो यह तमाम सारी चीजें बौद्ध मत के अनुरूप हैं और वो चार्वाक दर्शन से प्रेरित नहीं है। दूसरी तरफ मार्क्सवाद के भी अनुरूप है वह वहाँ पर यशपाल का तर्क देखते बनता है – कन्विन्स

हो जाते हैं आप। वह अमरता के बारे में कहते हैं कि जो बदलेगा नहीं जड़ हो जाएगा, तो उसके बाद क्या जीवन आकर्षक रह जाएगा?

संजीव

मैं यह कह रहा था कि यह जो है डिस्कोर्स, संवाद के स्तर पर आता है लेकिन क्या कथावस्तु के स्तर मार्क्सवाद के अनुसार उत्पादन सम्बन्धों की संरचना पर कोई प्रकाश पड़ता है?

फिलॉसफी के जितने भी प्रश्न हैं, सभी किसी कृति में नहीं लाये जाते। जितने प्रासंगिक हैं और जितने पात्रों के अनुरूप पड़ते हैं, वही बात वह कह सकता है। उतनी ही बात वह कहेगा। पूरा दर्शन वहाँ अगर वह लाये तो वही बात हो गयी कि दर्शन लाद रहा है। इसमें उन्होंने बहुत अच्छी तरह से निर्वाह किया है। मार्क्सवादी विचारधारा का बहुत अच्छी तरह निर्वाह किया है। उसमें भी उन्होंने इतिहास में जाकर एक दूरी पैदा की है कि वर्तमान मार्क्सवादी मान्यताओं के लिए वह मारिश तक पहुँचते हैं। मारिश एकदम भौतिकवादी नहीं है। वह मूल्यों में विश्वास करता है। मूल्यों की बात करता है। उसके लिए जीवन उत्सर्ग करना, देश रक्षा के लिए लड़ना व्यर्थ है।

(मेरा ख्याल है आपने जो कहा कि वह तो खुद ही जवाब भी था, ऑब्जर्वेशन भी था)

वैभव सिंह

मेरा एक सवाल था जो मैंने आपसे पूछा था कि 'दिव्या' के अलावा भी और निम्न वर्ग की स्त्रियाँ और समाज की दबी

कुचली स्त्रियों की मुक्ति का कोई सन्देश इसकी कथा संरचना से निकल रहा है?

भगवान सिंह

देखिए, इस तरह का जो हम एक लेख में पूरी विषय-वस्तु को लेते हैं कि ये समस्याएँ हैं, इसके ये पक्ष हैं इस सब का निर्वाह करना है हमको, क्या रचना में हम एक लेख लिखते हैं? सारे प्रश्न नहीं आ सकते उसमें। जिनका औचित्य पहले से है केवल उतनी ही बातों को वह लेगा। उससे आगे बढ़ेगा तो रचना भरभरा जाएगी, गिर जाएगी, कमजोर हो जाएगी।

मथुरा से सागल की दूरी, सागल या साकल भी आते हैं। सागल में लोग बहुत दूर से पढ़ने के लिए आते थे। पटना से लेकर के वहाँ तक लोग पढ़ने के लिए आते थे लेकिन मुख्य उद्देश्य व्यापार होता था। तो व्यापारी जत्थों के साथ विद्यार्थी जा रहे हैं, नर्तकी जा रही है, तमाम सारे देशान्तर देखनेवाले जा रहे हैं, संन्यासी जा रहे हैं, तो ये पूरा-पूरा मेला चलता था और अकेले वो चल नहीं सकते थे तमाम तरह के खतरे थे, तो लोग आते-जाते थे, धीरे-धीरे चलते थे और हमारे समय में जबकि रेलगाड़ी वगैरह नहीं थी, मानो रेलगाड़ी वगैरह से लोग कम चलते थे। वो लोग तीर्थ यात्रा पर निकल जाते थे यहाँ से लेकर कन्याकुमारी तक देख कर चले आते थे। वर्षों गायब हैं और उसके बाद कैसे-कैसे लौट के जिन्दा चले आते थे तो ठीक, यात्राएँ होती थीं लम्बी। मर भी जाते थे इसलिए प्रस्थान से पहले अपना श्राद्ध भी कर लेते थे कुछ लोग।

विद्या अलंकार जी ने कहा — कि मारिश पर देकार्त का प्रभाव आप मानते हैं। आपने कहा — तो इससे वह असहमत थे और

रमणिका जी इस बात से असहमत जो आपने कहा कि दिव्या मारिश के पास सुरक्षा के लिए जाती है इससे सहमत नहीं हैं।

देखिए मैंने तो नहीं कहा कि मारिश के उपर देकार्त के विचारों का प्रभाव है, मैं तो यह कह रहा था कि मारिश जिस विचार का प्रवक्ता है कि मनुष्य को स्वतन्त्रकर्ता होना चाहिए इस विचार की उत्पत्ति पश्चिमी दर्शन में देकार्त के साथ हुई है। देकार्त ने ही सबसे पहले मनुष्य के भीतर मनुष्य को दो हिस्सों में बाँटा... एक उसकी दैहिकता और दूसरी भौतिकता। एक उसका सेल्फ, सोचने और विचारने वाला मनुष्य, तो मारिश लगातार यह कहता है कि जब वह दिव्या का आह्वान कर रहा है कि तब भी कह रहा है कि मैं तो विचारों और अनुभूतियों के आधार पर तुम्हें अपने साथ ले जाना चाहता हूँ, तो मारिश लगातार सुगन्धकर्ता के रूप में दिव्या को देखता है और खुद को भी उसी रूप में पेश करता है और ये विचार पश्चिमी दर्शन की देन हैं, मैं ये कह रहा हूँ।

आपकी बात सही है। मैं दूसरी बात कह रहा हूँ कि इस उपन्यास में स्वतन्त्रकर्ता का विचार जिस तरीके से आया है वो बौद्ध धर्म में जिस तरह से विचार आये हैं वगैरह उससे भिन्न है, ये मेरी राय है। मेरी राय भिन्न हो सकती है।

देकार्त के समय में और मारिश के समय में कितना अन्तर है?

नहीं, यशपाल तो देकार्त के बाद ही हुए हैं और मारिश की कल्पना तो देकार्त के बहुत बाद की गयी है, जब पश्चिमी दर्शन बहुत विकसित हो गया है कि यशपाल और देकार्त के समय में फर्क है? तो मेरा इसमें सिर्फ निवेदन यह है कि जो शंका भगवान सिंह जी के लिए उठाई थी उसे रोका तो मैं दुबारा

कहूँगा, उन्होंने बड़ी कीमती बात बताई कि महाभारत में एक ऐसे अकाल का वर्णन है जो कई सदियों तक चला और उस अकाल के प्रभाव के कारण भारतीय विचार में एक बुनियादी परिवर्तन हुआ और उससे चार्वाकों का दर्शन निकला और उससे उपनिषद का दर्शन निकला और जीवन को हर हालत में जिया जाए ये दर्शन निकला।

(ये जानकारी मुझे नहीं थी इसके लिए मैं भगवान सिंह जी का कृतज्ञ हूँ)

लेकिन जो मेरी बुनियादी शंका थी उसका समाधान होने से रह गया। वह शंका ये थी कि भारत में मार्क्सवादी लोग बीसवीं शताब्दी के मध्य से लेकर आज तक चार्वाकों के दर्शन की पैरोकारी क्यों करते हैं? चार्वाकों के दर्शन से मार्क्सवाद की जड़ें कैसे साबित हो सकती हैं? यशपाल से लेकर देवीप्रसाद चट्टोपाध्याय तक, ये पूरी-की-पूरी मार्क्सवादी विचारकों और साहित्यकारों की परम्परा है, जो बात को कुछ इस अन्दाज में पेश करती है कि हमारे पास चार्वाकों का भौतिकवाद था, इसलिए हमारे पास भी कुछ मार्क्सवाद से मिलती-जुलती चीज मौजूद थी।

अभय कुमार दुबे

मैं कहूँगा कि 'चित्रलेखा' के चरित्र से दिव्या के चरित्र की तुलना की जाए तो स्पष्ट हो जाता है कि दिव्या तो पूरे उपन्यास में लगातर ही आश्रय की तलाश में है। वो निरन्तर आश्रय चाहे कभी वह संघ में आश्रय ढूँढ़ रही हो, कभी उससे पहले पृथुसेन के प्रेम में अपना आश्रय ढूँढ़ रही है और अन्त में वो सभी जगह आश्रय ढूँढ़ रही है। कहीं उसे आश्रय मिलता

है तो भ्रान्ति हो जाती है कि हमें ये आश्रय लेना चाहिए या नहीं लेना चाहिए और उपन्यास का अन्त ही इस वाक्य के साथ होता है – "आश्रय दो आर्य!"

भगवान सिंह

जो दुबे जी कह रहे थे उनसे मेरी पूरी सहमति है। जो मैं कह रहा था कि भारतीय मार्क्सवाद का जो फेल्यर है वो मार्क्सवाद का फेल्यर नहीं है। मार्क्सवाद में भी कुछ कमियाँ हैं, बहुत गम्भीर कमियाँ हैं। मार्क्सवाद अधिकारी भी नहीं हूँ, इसलिए उस पर नहीं कहूँगा। लेकिन भारतीयता को, भारतीय इतिहास को, भारतीय समाज को, भारतीय जरूरतों को समझने की नासमझी का एक मात्र पर्याय है – भारतीय मार्क्सवाद माने कम्युनिज्म जिसको कहिए। और उसने जरूरत पड़ने पर बहुत सारी चीजों को हथियार के रूप में इस्तेमाल किया। कुछ दिन तक तुलसी का इस्तेमाल किया, फिर उसके बाद कबीर का इस्तेमाल शुरू कर दिया, फिर तुलसी विलीन हो गये। यह समझ न सके कि भारत में किस भाषा में हम अधिकतम लोगों तक पहुँच सकते हैं। ये न समझ सके कि मजदूर यहाँ का सबसे सुखी व्यक्ति है। हम किसान परिवार के हैं, हमारे घर खाते-पीते परिवार हैं यदि हमारे घर से कोई मजदूर भर्ती हो गया तो घर में कुछ पैसा आ रहा है। किसान के पास पैसे की बड़ी कमी होती है, घर में कुछ पैसा आ रहा है तो सम्पन्न माना जा रहा है। जो सबसे अभावग्रस्त था, यहाँ की जाति व्यवस्था से जो उत्पीड़ित समाज था, उसके लिए आपके पास न चिन्ता थी न उसके ऊपर ध्यान दिया। क्योंकि मार्क्स ने उस पर ध्यान नहीं दिया। मार्क्सवाद ने जो यूरोप के बारे में कहा उसी

को कर दिया। हिन्दुस्तान पर लागू यूरोसेंट्रिक ऐप्रोच कहा और इसलिए भारत में इसको फेल होना ही था। भारतीय समाज को समझ ही नहीं सका इसलिए, ये मार्जीनल फिलॉसफी, मार्जीनल आन्दोलन बन कर रह गया।

संजीव जी, मेरा एक विनम्र निवेदन ये है इस पाठक का इसके प्रति हावर्ड फार्स्ट का आकर्षण रहा होगा, चार्वाकों के प्रति वही यहाँ के मार्क्सवादियों का आकर्षण रहा है मतलब अगर अतीत के दार्शनिक के प्रति समकालीन धड़ा, समकालीन तबका आकर्षित होता है तो उसका कारण ये नहीं होता कि आपके विचार ज्यों के त्यों अतीत में मिल जा रहे हैं। अगर ऐसा होता तो मार्क्सवाद बुनियादी तौर पर गलत साबित हो जाता क्योंकि मार्क्सवाद खुद ये कहता है कि भौतिक परिस्थितियाँ नहीं होतीं तो उसके अनुरूप विचार नहीं होता। यानी अगर बना हुआ पूँजीवाद न होता तो खुद मार्क्सवाद का विचार न होता। मार्क्सवाद इस हद तक भौतिकवादी है कि वो अपने विचार को भी भौतिक परिस्थितियों से जोड़कर देखता है। इसलिए यह मानने की तो हम कतई गलती कर ही नहीं सकते हैं कि मार्क्सवादी यह मान लेंगे कि अतीत में मार्क्सवाद ही था यह हो ही नहीं सकता तो फिर क्यों आकर्षण है? आकर्षण इसलिए है कि ये वह दार्शनिक है जिसकी कोई लिखी हुई चीज नहीं मिलती, ये वह दार्शनिक है जो दार्शनिक ग्रन्थों के पूर्व पक्ष में सिर्फ कायम है यानी जिसके विचार इतने खतरनाक माने गये थे उस समय के दार्शनिकों के द्वारा (मैं दूसरे शब्दों में कहूँ तो), उस समय के सत्ताधारी विचारधाराओं द्वारा इतने खतरनाक माने गये थे कि उसको जिन्दा जलाया गया। उसकी बातों को पूर्व पक्ष में रखा गया। जहाँ से उसे सिर्फ ध्वस्त किया

जा सकता है और इसलिए आज का मार्क्सवादी उसके प्रति अपना आकर्षण महसूस करता है क्योंकि उसको लगता है कि यह सत्ताधारी विचारधारा के विरोध में खड़ी थी इसलिए यह बहुत सरल-सी बात है कि क्यों आकर्षण महसूस किया जाता है, मुझे इसमें कोई आश्चर्य की बात नहीं लगती है।

मैं चार्वाक के बारे में कहूँगा कि चार्वाक दर्शन में कोई साहित्यिकता नहीं है। जो भी उन्होंने कहा और जहाँ तक नैतिकता का सवाल आपने उठाया, नैतिकता हमेशा सापेक्षिक होती है, नैतिकता सन्दर्भों में होती है, उसके ऊपर कोई शासित मूल्यों वाली बात आज के युग में नहीं रही है और दुबे जी ने सवाल उठाया कि वो सुरक्षा के लिए आश्रय खोजती है, मारिश बाद में कहता है, अनुभवों और विचार के लिए वह जाती है उसको बहस करने की क्षमता है परन्तु उसे आश्रय नहीं इक्वलिटि (समानता) मिलती है बहस करने के लिए। वह सेनापति का आश्रय नकार के जाती है।

संचालक

अब मैं इस शुभकामना के साथ कि यह शृंखला आगे बढ़ेगी और हम लोग इसी तरह जुटेंगे।

परिचय

भगवान सिंह

जन्मः 1931 में गोरखपुर जनपद के गगहा गाँव के एक अल्पमध्यवित्त किसान परिवार में।

शिक्षाः प्राथमिक शिक्षा गाँव में और फिर नगर के महाराणा प्रताप इंटर व डिग्री कालेजों तथा सेंट ऐंड्रूज कालेज से। एम. ए. (हिन्दी), 1958 (परीक्षा आगरा विश्वविद्यालय से और उपाधि गोरखपुर विश्वविद्यालय से)। आठ वर्ष तक जो भी काम मिला करने का अनुभव जिसे सम्मानित बनाने के लिए मुक्त लेखन कह दिया जाता है। और उसके बाद से सरकारी सेवा। एकाधिक भाषाएँ सीखने, समझने के क्रम में यह बोध कि भारतीय भाषाओं का कुलविभाजन और प्राचीनतम भारत का इतिहास ही गलत है। इस बोध (1970) के बाद भाषाशास्त्र, इतिहास, पुरातत्व में रुचि का विस्तार और ऐसे गैर अकादमिक शोधकार्य जिनके कारण सर्जनात्मक लेखन गौण और खाली

समय का सदुपयोग बन कर रह गया। पत्र-पत्रिकाओं में प्रकाशित वैचारिक निबन्धों, कविताओं, आलोचनापरक लेखों, कहानियों के अतिरिक्त पुस्तकाकार प्रकाशित कृतियाँ निम्न प्रकार हैं:

उपन्यासः काले उजले टीले (1964); महाभिषग (1973); अपने अपने राम (1992) वाणी प्रकाशन, दरियागंज, नयी दिल्ली-110002; परम गति (1999) वाणी प्रकाशन, नयी दिल्ली; उन्माद (2000); शुभ्रा (2000) वाणी प्रकाशन, नयी दिल्ली।

कविता संग्रहः अपने समानान्तर 1970 (अप्राप्य)।

आलोचनाः इन्द्रधनुष के रंग (1996) वाणी प्रकाशन, दरियागंज, नयी दिल्ली।

शोधपरकः स्थान नामों का भाषावैज्ञानिक अध्ययन (1973); आर्य-द्रविड़ भाषाओं की मूलभूत एकता (1973); हड़प्पा सभ्यता और वैदिक साहित्य, दो खंडों में (1987); दि वैदिक हड़प्पन्स (1995); भारत तब से अब तक (1996); भारतीय सभ्यता की निर्मिति (2004); भारतीय परम्परा (2011); प्राचीन भारत के इतिहासकार (2011); कोसंबी – कल्पना से यथार्थ तक (2011); भाषा और इतिहास (प्रकाश्य)।

पुनर्लेखनः उपनिषदों की कहानियाँ (1993); पंचतन्त्र की कहानियाँ (1995)।

धारावाहिकः ऋग्वेद की परम्परा।

सम्पर्कः ए-6 सिटी अपार्टमेंट
वसुन्धरा एन्क्लेव, दिल्ली -110096
फोन-(011) 22625094

• पुनर्पाठ •

अभय कुमार दुबे

विकासशील समाज अध्ययन पीठ (सीएसडीएस) में भारतीय भाषा कार्यक्रम के सम्पादक। पिछले दस साल से हिन्दी-रचनाशीलता और आधुनिक विचारों की अन्योन्यक्रिया का अध्ययन। साहित्यिक रचनाओं को समाजवैज्ञानिक दृष्टि से परखने का प्रयास। समाज विज्ञान को हिन्दी और अन्य भारतीय भाषाओं में लाने की परियोजना के तहत हिन्दी में समाज-विज्ञान के विश्व-कोश के लेखन और सम्पादन में व्यस्त। पिछले दस वर्षों में कई ग्रन्थों का सम्पादन और अनुवाद।

इससे पहले दैनिक **जनसत्ता** में पत्रकारिता। उससे भी पहले **भाकपा (माले-लिबरेशन)** के पूर्णकालिक कार्यकर्ता। बीच के दिनों में स्त्री-दलित विमर्श को प्रमुखता देने वाली **समय-चेतना** नामक पत्रिका का सम्पादन। **दैनिक भास्कर, अमर उजाला, नवभारत टाइम्स** और **राष्ट्रीय सहारा** में नियमित लेखन। **हंस** में लम्बे अरसे तक **साहित्य में अनामंत्रित** स्तम्भ का लेखन।

प्रमुख रचनाएँ: *क्रान्ति का आत्मसंघर्षः नक्सलवादी आन्दोलन के बदलते चेहरे का अध्ययन; कांशी राम, बाल ठाकरे* और *मुलायम सिंह यादव* के राजनीतिक जीवन का अध्ययन करके तीन पुस्तकों की रचना; *(सम्पादित) साम्प्रदायिकता के स्रोत, लोकतन्त्र के सात अध्याय, आधुनिकता के आईने में दलित, भारत का भूमंडलीकरण, बीच बहस में सेकुलरवाद, राजनीति की किताब, भारत में राजनीतिः कल और आज, सत्ता और समाज; (अनुवाद) भारतनामा, मध्यवर्ग की अजीब दास्तान, जिन्नाः मुहम्मद अली से कायदे-आजम तक, कामसूत्र से कामसूत्र तकः आधुनिक भारत में सेक्शुअलिटी के सरोकार,*

• पुनर्पाठ •

राष्ट्रवाद बनाम देशभक्ति, राष्ट्रवाद का अयोध्या कांड और सर्वहारा रातें।

शीघ्र प्रकाश्यः *हिन्दी में हमः आधुनिकता के कारखाने में भाषा और विचार, नये शहर की तलाश, हम में से सेकुलर कौन है?*

• पुनर्पाठ •

डॉ. अनामिका

अनामिका निबन्ध लिखती हैं, अखबारों और पत्रिकाओं में स्तम्भ लिखती हैं, कहानियाँ और उपन्यास रचती हैं, कविताओं और उपन्यासों का अनुवाद-सम्पादन करती हैं, और अंग्रेजी साहित्य का अध्यापन करती हैं। एक पब्लिक इंटलेक्चुअल के रूप में व्याख्यान देने से लेकर नारीवादी पब्लिक स्फियर में सक्रिय रहने तक वे और भी बहुत कुछ करती हैं, पर सबसे पहले और सबसे बाद में वे एक कवि हैं।

1961 के उत्तरार्द्ध में मुजफ्फरपुर, बिहार में जन्मी और अंग्रेजी साहित्य से पीएच.डी. अनामिका राजभाषा परिषद् पुरस्कार (1987), भारतभूषण अग्रवाल पुरस्कार (1995), साहित्यकार सम्मान (1997), गिरिजाकुमार माथुर सम्मान (1998), परम्परा सम्मान (2001) और साहित्य सेतु सम्मान (2004) से विभूषित हो चुकी हैं।

उनकी प्रकाशित कृतियाँ हैंः

आलोचनाः 'पोस्ट एलियट पोएट्रीः अ वॉएज फ्रॉम कांफ्लिक्ट टु आइसोलेशन', 'डन क्रिटिसिज़्म डाउन दि एजेज़', 'ट्रीटमेंट ऑव लव एंड डेथ इन पोस्ट वार अमेरिकन् विमेन पोएट्स'।

विमर्शः 'स्त्रीत्व का मानचित्र', 'मन माँजने की जरूरत', 'पानी जो पत्थर पीता है'।

कविताः 'गलत पते की चिट्ठी', 'बीजाक्षर', 'समय के शहर में', 'अनुष्टुप', 'कविता में औरत', 'खुरदुरी हथेलियाँ'।

कहानीः 'प्रतिनायक'।

संस्मरणः 'एक ठो शहर था', 'एक थे शेक्सपियर', 'एक थे चार्ल्स डिकेंस', 'दस द्वारे का पींजरा'।

• पुनर्पाठ •

उपन्यासः 'अवांतर कथा', 'तिनका तिनके पास'।

अनुवादः 'नागमंडल' (गिरीश कर्नाड), 'रिल्के की कविताएँ', 'एफ्रो-इंग्लिश पोएम्स', 'अटलांत के आर-पार' (समकालीन अंग्रेजी कविता), 'कहती हैं औरतें' (विश्व साहित्य की स्त्रीवादी कविताएँ)।

• पुनर्पाठ •

डॉ. संजीव कुमार

जन्मः नवम्बर 1967, पटना (बिहार)

शिक्षाः पटना विश्वविद्यालय से बी.ए. (हिन्दी सम्मान) और दिल्ली विश्वविद्यालय से एम.ए. करने के बाद 'तीसरी क़सम' कहानी के फिल्म रूपान्तरण पर एम.फिल. का लघु शोधकार्य एवं *'प्रेमचन्दोत्तर उपन्यासों की सैद्धांतिकी और उसका रचनात्मक उपयोग'* विषय पर पीएच.डी.।

लेखनः विभिन्न पत्र-पत्रिकाओं में सामयिक और साहित्यिक मुद्दों पर लेखन। जनवादी लेखक संघ के त्रैमासिक **नया पथ** में सम्पादन सहयोग। एक पुस्तक *जैनेन्द्र और अज्ञेय : सृजन का सैद्धांतिक नेपथ्य* प्रकाशित। इस पुस्तक को 2011 का देवीशंकर अवस्थी स्मृति सम्मान (पंद्रहवाँ) मिला। कैलिफ़ोर्निया विश्वविद्यालय, बर्कले में अज्ञेय जन्मशती के अवसर पर आयोजित परिसंवाद (फरवरी, 2011) में इसी पुस्तक की एक आधारभूत स्थापना पर थोड़े और विस्तार के साथ पर्चा प्रस्तुत किया। एन.सी.ई.आर.टी. की मौजूदा हिन्दी पुस्तकों के निर्माण में चयन-लेखन-सम्पादन के स्तर पर सक्रिय योगदान। मंटो की कहानी पर आधारित फ़रीदा मेहता की फ़िल्म 'काली सलवार' में तथा एक और आगामी फ़िल्म में संवाद के स्तर पर रचनात्मक योगदान। इन दिनों कहानियाँ लिखने में दिलचस्पी। 1984 में *'सारिका'* में छपी कहानी 'इसी बरगद की तरह' के बाद 2010 में *'कथादेश'* में 'साक्षी' शीर्षक कहानी प्रकाशित। दो और कहानियाँ प्रकाश्य।

सम्प्रतिः देशबंधु कॉलेज, दिल्ली विश्वविद्यालय के हिन्दी विभाग में असोसिएट प्रोफ़ेसर के पद पर कार्यरत।

सम्पर्क : sanjusanjeev67@gmail.com

• पुनर्पाठ •

डॉ. वैभव सिंह

जन्मः उन्नाव, उत्तर प्रदेश में, 4 सितम्बर 1974।

इलाहाबाद विवि और जेएनयू से पीएच.डी. तक की शिक्षा। सभी प्रतिष्ठित पत्र-पत्रिकाओं में लेख तथा युवा आलोचना में सक्रियता। दो किताबों *'इतिहास और राष्ट्रवाद'* एवं *'भारतीय उपन्यास और आधुनिकता'* का प्रकाशन। टेरी ईगलटन की पुस्तक *'मार्क्सिज्म एंड लिटरेरी क्रिटिसिज्म'* का अनुवाद। कई वर्ष **नवभारत टाइम्स, दैनिक भास्कर, हिन्दुस्तान** आदि समाचार पत्रों में पत्रकारिता। दिल्ली विश्वविद्यालय के हिन्दू कालेज में अध्यापन।

सम्प्रतिः सेंट्रल यूनिवर्सिटी ऑफ राजस्थान में अध्यापन।

• पुनर्पाठ •

सत्यानन्द निरुपम

अभी पेंगुइन बुक्स इंडिया में हिन्दी सम्पादक हैं। दिल्ली विश्वविद्यालय से 'हिन्दी साहित्य के इतिहास-लेखन की परम्परा और नलिन विलोचन शर्मा का इतिहास-दर्शन' विषय पर एम.फिल. का लघु शोध कार्य पूरा करने के बाद कुछ दिनों तक एन.सी.ई.आर.टी. से बतौर जूनियर प्रोजेक्ट फेलो जुड़े रहे। मार्च 2009 में पेंगुइन-यात्रा आने के बाद बहुत तेजी से महत्त्वपूर्ण लेखकों-अनुवादकों को पेंगुइन हिन्दी से जोड़ा। पुस्तक पढ़ने की संस्कृति को बढ़ावा देने वाली गतिविधियों में सक्रिय भागीदारी। 2010 में लोकप्रिय बहस-शृंखला 'बहसतलब' के संयोजक रहे। 2011 से इंडिया हैबिटैट सेंटर की कार्यक्रम सलाहकार समिति के सदस्य हैं। पत्र-पत्रिकाओं में आपके लेख समय-समय पर प्रकाशित होते रहे हैं।

• पुनर्पाठ •

डॉ. शशिकान्त

सबॉल्टर्नवादी आलोचक एवं पत्रकार। दिल्ली विश्वविद्यालय से हिन्दी में पीएच.डी. विभिन्न पत्र-पत्रिकाओं में हाशिए के लोगों से सम्बन्धित मुद्दों पर लगभग 400 लेख। साहित्य अकादमी और हिन्दी अकादमी द्वारा कुर्रतुल ऐन हैदर, रामविलास शर्मा और विजयदान देथा पर निर्मित फ़िल्मों में सह-निर्देशन और शोध 'लेखक का लोक' वाणी प्रकाशन से प्रकाश्य। राष्ट्रीय सहारा दैनिक में तीन साल उप-संपादक फ़िलहाल मोतीलाल नेहरू कॉलेज, दिल्ली विश्वविद्यालय में अध्यापन।

• पुनर्पाठ •

अदिती माहेश्वरी

सन् 2009 में दिल्ली विश्वविद्यालय के हंसराज कॉलेज से अंग्रेजी में एम.ए.। तत्पश्चात टाटा सामाजिक विज्ञान संस्थान, मुम्बई में धर्मों के 'मेटीरियल कल्चर' पर एम.फिल. के दौरान लघु शोध कार्य। कॉलेज के दिनों से ही सम्पादन कार्यों में सक्रिय। अभी वाणी प्रकाशन में प्रबन्धक, बौद्धिक सम्पदा व अनुवाद के रूप में कार्यरत।

• पुनर्पाठ •

टिप्पणी

• पुनर्पाठ •

• पुनर्पाठ •